高 等 学 校 教 材

物理化学实验

冯 鸣 梅来宝 郭会明 主编

化学工业出版社

·北京·

图书在版编目（CIP）数据

物理化学实验/冯鸣，梅来宝，郭会明主编. —北京：
化学工业出版社，2008.7
高等学校教材
ISBN 978-7-122-03143-3

Ⅰ. 物…　Ⅱ.①冯…②梅…③郭…　Ⅲ. 物理化学-
化学实验-高等学校-教材　Ⅳ. O64-33

中国版本图书馆 CIP 数据核字（2008）第 091134 号

责任编辑：宋林青　　　　　　　文字编辑：徐雪华
责任校对：洪雅姝　　　　　　　装帧设计：史利平

出版发行：化学工业出版社（北京市东城区青年湖南街 13 号　邮政编码 100011）
印　　装：北京市兴顺印刷厂
787mm×1092mm　1/16　印张 8¼　字数 185 千字　2008 年 8 月北京第 1 版第 1 次印刷

购书咨询：010-64518888（传真：010-64519686）　售后服务：010-64518899
网　　址：http://www.cip.com.cn
凡购买本书，如有缺损质量问题，本社销售中心负责调换。

定　　价：15.00 元

前　言

　　物理化学实验是高等学校化学、应用化学、化学工程、生物工程、材料等专业的一门重要课程。它与无机与分析化学实验、有机化学实验、仪器分析实验构成完整的实验体系。物理化学实验在帮助学生理解、检验化学的基本理论，掌握、运用化学中基本的物理方法和技能，训练分析解决问题的能力，培养创新思维、综合能力等方面有重要作用。

　　本书是在我校多年使用的《物理化学实验讲义》的基础上，新增了10多个实验，编写整理而成的，以满足教育部化学教学指导分委员会对化学和应用化学专业化学实验教学基本内容的要求。

　　本书包括31个实验，涉及基本物理量的测定、热力学性质的测定、动力学性质的测定、电化学性质的测定、胶体与表面性质的测定和结构参数的测定。本书由冯鸣统稿并编写实验一、二、四、五、六、八、九、十、十二、十三、十四、二十七、二十九；梅来宝编写实验七、十一、十八、十九、二十、二十一、二十二、二十四；郭会明编写绪论、实验十六、十七、二十五、二十六、二十八；李冀蜀编写实验二十三、三十、三十一；刘建兰编写实验三、十五；张东明编写附录。本书作者皆有多年指导实验的经验，在编写过程中参考了国内外出版的一些物理化学实验教材，在此表示感谢。

　　限于编者水平，书中缺点恐难避免，恳请读者批评指正。

编者

2008 年 5 月

于南京工业大学

目　录

第一章 绪 论

一、物理化学实验的目的与要求

化学是建立在实验基础上的一门中心学科，实验对学习和研究化学的重要性是不言而喻的。物理化学实验作为化学实验课程的一个重要分支，其内容综合了化学领域各分支所需的基本实验手段和研究方法，它主要运用物理学原理与技术，通过由若干物理仪器组成的测量装置测定系统的物理化学性质变化，从而研究化学变化的本质和规律。物理化学实验课程的主要目的是通过实验训练使学生熟悉物理化学实验的基本原理与方法，掌握物理化学的基本实验技术和技能，学会常用仪器设备的操作和使用，了解近代大型仪器的性能及其在物理化学实验中的应用，学会观察实验现象、正确记录和处理数据、对实验结果进行分析和归纳并写出完整规范的实验报告，从而巩固和加深对物理化学基本理论和概念的理解，培养学生的实践动手能力、独立思考和解决问题的能力及实事求是、严肃认真的科学态度。

物理化学实验安排一般采用循环法，即在同一时间内有若干个不同的实验项目同时进行。在较大的循环中，由于部分实验常先于理论教学，加之物化实验使用仪器设备较多，因此，尽管实验前指导教师会在原理、方法或数据处理等方面作一些简要介绍，但要正确掌握并能顺利完成实验，还必须依赖于学生个人在实验前的充分准备。为此对学生提出如下要求。

1. 实验前的准备

准备预习报告一本。实验前应认真学习实验教材，明确实验目的和要求，熟悉实验原理及仪器性能和操作规程，仔细阅读实验操作步骤和实验注意事项，弄清所要测定的实验数据内容及如何处理实验数据，认真写好实验预习报告。预习报告应包括实验名称和目的、简要的实验原理和操作步骤、实验注意事项和记录测定数据的表格。正式实验前，指导教师应检查学生对实验内容的了解程度、准备工作是否充分，学生应在完成预习报告并经指导教师许可后方可开始进行实验。

2. 实验过程

在实验过程中要态度严谨、勤于动脑、善于动手，认真体会操作要领和步骤，严格控制实验条件，仔细观察和分析实验现象，客观、正确、完整地将实验原始数据记录在实验预习报告的表格里，原始数据不可任意涂改，不可随便将数据记录在纸条、书或其他地方。实验过程是训练动手操作能力、培养分析解决问题能力和科学思维能力的重要途径，要求每个学生必须认真对待。

3. 实验报告

实验报告是对整个实验工作的书面总结，撰写规范完整的实验报告对培养学生的科学素质具有十分重要的意义，通过撰写实验报告可有效训练学生分析处理数据、归纳总结问题的能力。报告内容包括实验名称和目的、实验原理和操作步骤、数据记录及处理、实验结果及问题讨论。问题讨论是报告中重要的一项，主要对实验时所观察到的重要现象、实验方法和仪器装置的设计以及误差来源进行讨论，并可以对实验提出进一步改进的意见。学生应在规定时间内独立完成实验报告，经指导教师批阅后，如认为有必要重做者，须在指定时间补做实验，不经指导教师许可不能任意补做实验。

二、实验注意事项

1. 实验时应遵守操作规程和一切安全规章制度，保证实验安全进行。

2. 核对仪器和药品试剂，对不熟悉的仪器及设备，应仔细阅读说明书并正确安装仪器装置，经教师检查无误后方能开始实验。

3. 特殊仪器需向教师领取，完成实验后要及时归还。未经老师允许不得乱动精密仪器，使用时应爱护设备，如发现仪器损坏，立即报告指导教师并查明原因。

4. 实验时应按教材要求进行操作，如有更改意见，须与指导教师进行讨论，经指导教师同意后方可实行。

5. 公用仪器及试剂瓶不要随意变更原有位置，用毕要立即放回原处。

6. 实验数据应随时记录在预习报告本上，记录数据要详细准确，且要注意整洁清楚，不得任意涂改。要养成良好的数据记录习惯，尽量采用表格形式记录。

7. 实验完毕后，应将实验数据交指导教师检查。

8. 随时注意保持室内整洁卫生，火柴杆、纸张等废物应丢入废物缸内，不能随地乱丢，更不能丢入水槽以免堵塞。

9. 实验结束后应清理实验桌，将玻璃仪器洗净并核对仪器，将公用仪器、试剂药品整理好，全部工作完毕后，由同学轮流值日，负责打扫整理实验室，检查水、气、门窗是否关好，电闸是否拉掉，以保证实验室的安全。经指导教师同意后，才能离开实验室。

三、数据测量

（一）国际单位制（SI）和我国的法定计量单位

任何一个物理量都是用数值和单位的组合来表示的，即：

$$物理量＝数值×单位$$

其中"数值"是将某一物理量与该物理量的标准量进行比较，所得到的比值。测得的物理量必须注明单位，否则就没有意义。

我国对于"单位"有明确的法定计量单位的规定，是在国民经济、科学技术、文化教育等一切领域必须执行的强制性国家标准。我国的法定计量单位等效采用国际标准。它包括国际单位制的基本单位、辅助单位、导出单位；由以上单位构成的组合形式单位；由词头和以上单位所构成的十进制倍数和分数单位。

（二）可与 SI 并用的我国法定计量单位

国际单位制是在米制基础上发展起来的国际通用单位制，经过几届国际计量大会的修改，已发展成为由 7 个基本单位、两个辅助单位和 19 个具有专门名称的单位制。所有的单位都有 1 个主单位，利用十进制倍数和分数的 20 个词头，可组成十进倍数单位和分数单位。SI 概括了各门科学技术领域的计量单位，形成有机联系、科学性强、命名方法简单、使用方便的体系，已被许多国家和国际性科学技术组织所采用。SI 的基本单位及其定义见表 1-1。至于 SI 的完整叙述和讨论，可参阅有关书刊以及我国的国家标准 GB 3100—93、GB 3101—93、GB 3102.1—93、GB 3102.13—93 等文件。

表 1-1　SI 基本单位及其定义

量的单位	单位名称	单位符号	定义
长度	米	m	光在真空中 1/299792458s 时间间隔内所经路径的长度
质量	千克	kg	国际千克原器的质量
时间	秒	s	铯-133 原子基态的两个超精细能级之间跃迁所对应的辐射的 9192631770 个周期的持续时间
电流	安培	A	在真空中截面积可以忽略的两根相距 1m 的无限长平行圆直导线内通以等量恒定电流时,若导线间相互作用力在每米长度上为 $2 \times 10^{-7} N$,则每根导线中的电流为 1A
热力学温度	开尔文	K	水三相点热力学温度的 1/273.16
物质的量	摩尔	mol	0.012kg 碳-12 中碳原子的数目,1mol $= 6.02 \times 10^{23}$ 个基本单元
发光强度	坎德拉	cd	一光源在给定方向上的发光强度,该光源发出频率为 $540 \times 1012 Hz$ 的单色辐射,且在此方向上的辐射强度为 1/683W/sr

在使用 SI 时,应注意以下几点关于单位与数值的规定。

(1) 组合单位相乘时应该用圆点或空格,不用乘号。如密度单位可写成:kg·m^{-3}、kg·m^{-3} 或 kg/m^3,不可写成 kg×m^{-3}。

(2) 组合单位中不能用一条以上的斜线。如 J/(K·mol),不可写成 J/K/mol。

(3) 对于分子无量纲,分母有量纲的组合单位,一般用负幂形式表示。如 K^{-1}、s^{-1},不可写成 1/K、1/s。

(4) 任何物理量的单位符号应放在整个数值的后面。如 1.52m 不可写作 1m52。

(5) 不得使用重叠的冠词。如 nm (纳米)、Mg (兆克),不可写作 mμm (毫微米)、kkg (千千克)。

(6) 数值相乘时,为避免与小数点相混,应采用乘号不用圆点,如 2.58×6.17 不可写作 2.58·6.17。

(7) 组合单位中,中文名称的写法与读法应与单位一致。如比热容单位是 J/(kg·K),即"焦耳每千克开尔文",不应写或读为"每千克开尔文焦耳"。

(三) 物理化学实验中的误差及数据的表达

在实验中,我们经常要对各种物理量进行测量。在测量时,由于所用仪器、实验方法、条件控制和实验者观察局限等的限制,实验测得的数据只能达到一定程度的准确性,测量值和真实值之间必然存在着一个差值,即"测量误差"。通过对误差的分析,才能了解结果的可靠性,以及对科学研究和生产是否有价值,进而研究如何改进实验方法、技术路线以及考虑仪器的正确选用和搭配等问题。此外,将数据列表、作图、建立数学关系等处理方法,对于实验研究也是一个重要的方面。

1. 误差的分类

在物理化学实验中,对各种物理量的测量可分为直接测量和间接测量两种。直接表示所求结果的测量称为直接测量,如用温度计测水的温度就属于这种测量。若所求的结果由数个测量值以某种公式计算而得,这种测量称为间接测量。如用电导法测定乙酸乙酯皂化反应的速率常数,是通过测定反应各时刻溶液的电导率,再由公式计算得出。物理化学实验中的测量大都属于间接测量。直接测量的误差计算较为简单,间接测量的误差计算较复杂些,是通过各个直接测量的物理量的误差计算得出的。通常间接测量的相对误差要大于其中任意一个直接测量量的相对误差。以下着重介绍直接测量的误差计算，间接测量的误差计算请参阅有关资料。

根据误差产生性质的不同可将误差分为三类，即系统误差、过失误差、偶然误差。

（1）系统误差

系统误差是由于实验方法本身的限制，计算公式有某些假定及近似，使用的仪器不够精确，药品不纯，实验者个人测量数据习惯等所引入的误差。

系统误差总是以同一符号出现（总是偏大或总是偏小），在相同条件下重复实验无法消除，但可以通过测量前对仪器进行校正或更换，选择合适的实验方法，修正计算公式和用标准样品校正实验者本身所引进的系统误差来减小。

（2）过失误差

过失误差主要是由于实验者粗心大意、操作不正确等所引起。过失误差没有规律，只要正确、细心操作就可避免。

（3）偶然误差

偶然误差是由于实验时一些难以控制的偶然因素造成的。如实验者对仪器最小分度值以下的估计难于完全相同或操作技巧的不熟练，又如在测量过程中外界条件的改变，如温度、压力不恒定等。仪器中常包含的某些活动部件如弹簧和行走机构等，在对同一物理量进行重复测量时，这些部件所达的位置难以完全相同，造成偶然误差。偶然误差的特点是数值时大时小，时正时负。绝对值小的误差比绝对值大的误差出现的个数多，误差的算术平均值随着测量次数的增加而趋近于零。因此多次重复测量的算术平均值是其最佳的代表值。

2. 偶然误差的表达

（1）绝对误差和相对误差

在物理量的测定中，偶然误差总是存在的。所以测得值 a 和真值 $a_{真}$ 之间总有着一定的偏差 $\Delta a = a - a_{真}$，这个偏差称为绝对误差。绝对误差与真值之比 $\dfrac{\Delta a}{a_{真}}$ 则称为相对误差。绝对误差的大小与被测量的大小无关，而相对误差与被测量的大小及误差的值都有关，因此评定测定结果的精密程度以相对误差更为合理。

事实上，被测量的真实值常常并不知道。由误差理论可知，在消除了系统误差和过失误差的情况下，由于偶然误差分布的对称性，进行无限次测量所得值的算术平均值即为真值。然而在大多数情况下，我们只是作有限次的测量。故只能把有限次测量的算术平均值作为可靠值 $\bar{a}_i = \dfrac{\sum\limits_{i=1}^{n} a_i}{n}$。实际使用中，如果对某一物理量进行 n 次测量，那么可用平均误差 $\overline{\Delta a} = \dfrac{\sum\limits_{i=1}^{n} |a_i - \bar{a}_i|}{n}$ 来替代上面的绝对误差，用平均相对误差 $\overline{\dfrac{\Delta a}{a_i}} = \dfrac{\sum\limits_{i=1}^{n} |a_i - \bar{a}_i|}{n\,\bar{a}_i} \times 100\%$ 来替代上面的相对误差。

（2）准确度与精密度

准确度是指测量结果的正确性，即偏离真值的程度，准确的数据只有很小的系统误

差。准确度表示为 $\frac{1}{n}\sum_{i=1}^{n}|a_i-a_真|$。由于大多数物理化学实验中 $a_真$ 是我们要求测定的结果，一般可近似地用 a 的标准值 $a_标$ 来代替 $a_真$。所谓标准值是指用其他更为可靠的方法测出的值或公认值。因此测量的准确度可近似地表示为 $\frac{1}{n}\sum_{i=1}^{n}|a_i-a_标|$。

精密度是指测量结果的可重复性与所得数据的有效数字，精密度高指的是所得结果具有很小的偶然误差。它可以判断所做实验是否精细（注意不是准确度），在物理化学实验中以下面两种方法来表示：

$$平均误差 \quad \overline{\Delta a} = \frac{\sum_{i=1}^{n}|a_i-\bar{a}_i|}{n}$$

$$标准误差 \quad \sigma = \sqrt{\frac{\sum_{i=1}^{n}(a_i-\bar{a}_i)^2}{n-1}}$$

平均误差的优点是计算简单方便，但有着会将质量不高的测量掩盖的缺点。标准误差是平方和的开方，能更明显地反映误差，现在常用的电子计算器中大都专门设置了按键，在精密计算实验误差时最为常用。

为了使测量结果达到足够的精确度，实验要求选用适当规格的仪器和药品。既不能劣于实验要求的精度，也不必过分优于实验要求的精度，特别应注意对仪器进行系统校正。

3. 有效数字

根据误差理论，实验中测定的物理量有一个不确定范围。因此在具体记录数据时，没有必要将数据的位数记得超过平均误差所限定的范围。如压力的测量值为 $(1643.5\pm0.4)Pa$，其中 1643 是完全确定的，最后位数 5 不确定，它只告诉一个范围（1～9）。通常称所有确定的数字（不包括表示小数点位置的"0"）和最后不确定的数字一起为有效数字。记录和计算时，只记有效数字，多余的数字不必记。严格地说，一个数据若未记明不确定范围，则该数据的含义是不清楚的，一般认为最后一位数字的不确定范围为±3。下面扼要介绍有效数字表示方法。

（1）误差一般只有一位有效数字。

（2）任何一物理量的数据，其有效数字的最后一位，在位数上应与误差的最后一位划齐，如 3.25 ± 0.01 是正确的，若写成 3.253 ± 0.01 或 3.2 ± 0.01，则意义不明确。

（3）为了明确地表明有效数字，凡用"0"表明小数点的位置，通常用乘 10 的相当幂次来表示，例如 0.00512 应写作 5.12×10^{-3}，对于像 16800cm 这样的数，如实际测量只能取三位有效数字（第三位是由估计而得），则应写成 $1.68\times10^4 cm$，如实际测量可量至第四位，则应写成 $1.680\times10^4 cm$。

（4）在舍弃不必要的数字时，应用四舍五入原则。如可舍弃的数为 5，其前一位若为奇数则进 1，若前一位为偶数就舍去，如 24.23365 取四位为 24.23，取五位为 24.234，取六位为 24.2336。在加减运算时，各数值小数点后所取的位数与其中最小者相同。在乘法运算中，各数值所取位数由有效数字位数最少的数值的相对误差决定。

（5）若第一次运算结果需代入其他公式进行第二次或第三次运算时，则各中间数值可多保留一位有效数字，以免误差叠加，但在最后的结果中仍要用四舍五入以保持原有的有效数字的位数。

（四）实验数据的表示法

物理化学实验数据的表示主要有如下三种方法：列表法、图解法和数学方程式法。

（1）列表法

用列表法表达实验数据时，最常见的是列出自变量和应变量间的相应数值。每一表格都应有简明完备的名称。表中的每一行（或列）上都应详细写上该行（或列）所表示量的名称、数量单位和因次。在排列时，数字最好依次递增或递减，在每一行（或列）中，数字的排列要整齐，位数和小数点要对齐，有效数字的位数要合理。

（2）图解法

将实验和计算所得数据作图，更容易对实验数值进行处理，从而发现实验结果的特点和规律，如极大点、极小点、转折点、线性关系或其他周期性等重要性质，还可利用图形求面积、作切线、进行内插和外推等。在两个变量的情况下，图解法主要是在直角坐标系中作出相当于变量 x 和 y 值的各点，然后将点连成平滑曲线。根据函数的图形来找出函数中各中间值的方法，称为图形的内插法。当曲线为线性关系时，亦可外推求得实验数据范围以外的与 x 值相对应的 y 值。图解法还可帮助求解方程式。在画图时应注意以下几点。

① 在两个变量中选定主变量与应变量，以横坐标为主变量，纵坐标为应变量，并确定标绘在 x、y 轴上的最大值和最小值。

② 制图时选择比例尺是极为重要的，因为比例尺的改变，将会引起曲线外形的变化，特别对于曲线的一些特殊性质如极大点、极小点、转折点等，比例尺选择不当会使图形显示不清楚。为准确起见，比例尺的选择应该使得由图解法测出诸量的准确度与实际测量的准确度相适应。为此，通常每小格应能表示测量值的最末一位可靠数字或可疑数字，以使图上各点坐标能表示全部有效数字并将测量误差较小的量取较大的比例尺。同时在方格纸上每格所代表的数值最好等于 1、2、5 个单位的变量或这些数的 10 的整数倍，以便于查看和内插。要尽可能地利用方格纸的全部，坐标不一定从零开始，如果是直线，则其斜率尽可能与横坐标的交角接近 45°。

③ 作曲线时，先在图上将各实验点用铅笔以×、□、○、△等符号标出（×、□、○、△的大小表示误差的范围），借助于曲线尺或直尺把各点相连成线（不必通过每一点）。在曲线不能完全通过所有实验点时，实验点应该平均地分布在曲线的两边，或使所有的实验点离开曲线距离的平方和为最小，此即"最小二乘法原理"。通常，曲线不应当有不能解释的间隙、自身交叉或其他不正常特性。

在对物理化学的实验数据进行处理时，通常是先列成表格然后绘成图，再求曲线方程式，进而加以分析并作出一定的推论。

（3）数学方程式法

该法是将实验中各变量间关系用函数的形式表达出来，常用于各变量间具有简单函数关系（如直线）的情形。对于比较简单的 $y = f(x)$ 来说，寻找数学方程式中的各常数项最方便的方法是将它直线化，即将函数 $y=f(x)$ 转换成线性函数，求出直线方程 $y=a+bx$ 中的两个常数。求两个常数通常可用作图法、平均值法和最小二乘法。其中最小二乘法处理过程较繁杂但结果最为可靠，故实际工作中经常使用，最小二乘法的计算方法很多书上都有介绍，在此不再赘述。随着计算机的普及，现在物理化学实验中也大量使用计算机来处理实验结果。实验室提供很多作图和最小二乘法的计算程序，用计算机来作图和拟合曲线非常快捷方便，用计算机代替手工处理数据已成为潮流。

第二章 实验部分

基本物理量的测定

实验一 液体黏度的测定

一、实验目的

1. 了解恒温槽的构造及恒温原理，掌握其调试的基本要求。
2. 掌握用奥氏（Ostwald）黏度计测定液体乙醇黏度的原理和方法。

二、实验原理

液体是处于气体和固体之间的中间状态，在液体中，分子之间的距离较小，分子之间存在着较大的作用力，这种较强的分子间力决定了液体的基本性质。黏度是液体的重要性质之一。黏度是指两块平行的水平板（一块移动，另一块相对静止）之间的流体层的切变阻力。若这两块板被 1cm 厚的流体层分隔开，使 $1cm^2$ 的移动板以每秒 1cm 的速度移动所需施加的推动力就是该液体的绝对黏度。液体黏度的大小一般用黏度系数（η）来表示。若液体在本身重力作用下在毛细管中流动，则可通过泊塞勒（Poiseuille）公式计算黏度系数（简称黏度）：

$$\eta = \frac{\pi p r^4 t}{8lV} = \frac{\pi \rho g h r^4 t}{8lV} \tag{1}$$

式中，η 为液体的黏度，$kg \cdot m^{-1} \cdot s^{-1}$；$p$ 为当液体流动时在毛细管两端间的压力差，它是液体密度 ρ、重力加速度 g 和流经毛细管液体的平均液柱高度 h 三者的乘积，$kg \cdot m^{-1} \cdot s^{-2}$；$r$ 为毛细管的半径，m；t 为 V 体积液体的流出时间，s；l 为毛细管的长度，m；V 为流经毛细管的液体体积，m^3。

由于在实际中毛细管的管径不易精确测定，其内径也很难均匀一致，因此按上式由实验来测定液体的绝对黏度是很困难的，但测定液体对标准液体的相对黏度则是简单和适用的。

设标准液体（已知黏度为 η_1）和待测液体（未知黏度 η_2）在自身重力作用下分别流经同一毛细管，且流出的体积相等，测得所需时间分别为 t_1 和 t_2，根据式(1)则有：

$$\eta_1 = \frac{\pi \rho_1 g h r^4 t_1}{8lV} \qquad \eta_2 = \frac{\pi \rho_2 g h r^4 t_2}{8lV}$$

从而

$$\frac{\eta_2}{\eta_1} = \frac{\rho_2 t_2}{\rho_1 t_1} \tag{2}$$

式中，ρ_1 和 ρ_2 分别为标准液体和待测液体在测定温度下的密度。

因此两种液体的黏度之比等于密度与流出时间乘积之比。如果用已知黏度 η_1 的液体作为标准液体，通过测定一定体积的标准液体流经一定长度和半径的毛细管所需时间 t_1，再测定相同体积的待测液体在相同条件下流经同一毛细管所需时间 t_2，则待测液体的黏度 η_2 可通过式（2）算得。η_2/η_1 称为待测液体对标准液体的相对黏度，一般常取水作为标准液体，所以只需测定待测液体对水的相对黏度，再乘以水的黏度即可得到待测液体的黏度。

三、仪器与试剂

恒温装置一套（包括玻璃缸、加热器、JJ-1 精密增力电动搅拌器、温度计、SWQ 智能数字恒温控制器），奥氏黏度计（图1）1 支，黏度管夹 1 个，洗耳球 1 只，停表 1 只，橡皮管 1 根，10mL 移液管 2 支。

无水乙醇（A.R.）。

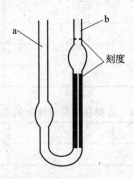

图 1 奥氏黏度计

四、实验步骤

1. 调节玻璃恒温槽的温度为 15℃。

2. 取一支干燥、洁净的黏度计（在实验前顺次用洗液及蒸馏水洗净黏度计，然后烘干），用移液管向黏度计的 a 支管注入 10.00mL 无水乙醇，用管夹夹持后垂直地浸入恒温水浴中，b 支管的上刻度线应略低于水面，待其温度达到平衡后（一般需要 15min 以上），用橡皮管连接黏度计的 b 支管，用洗耳球缓缓将液体吸起，并使其超过上刻度线，然后放开洗耳球，让液体自行流下，用停表准确记录液面自上刻度线降至下刻度线所经历的时间。再吸起液体，重复测定至少三次，每次相差不超过 0.3s，取其平均值（为了便于黏度计的干燥，先用乙醇进行试验）。

3. 依次调节恒温槽的温度为 20℃、25℃，如上述方法进行测定。

4. 从恒温槽中取出黏度计，将其中的乙醇倒入回收瓶中，待黏度计干燥后，用另一支移液管取 10.00mL 的水自 a 支管注入黏度计中，如同步骤2，测定 25℃时液面自上刻度线降至下刻度线所需要的时间。

注意事项：

1. 黏度计必须洗净、烘干，实验时要保持黏度计垂直，不要震动。

2. 实验前，应先检查恒温槽的温度是否恒定。

3. 黏度计很容易折断，在实验过程中，应以正确姿势握捏。

五、实验记录和数据处理

1. 按下表记录实验数据。

| | 液体流经毛细管所需时间/s | | | |
| | 15℃ 乙醇 | 20℃ 乙醇 | 25℃ | |
			乙醇	水
1				
2				
3				
平均值				

2. 计算乙醇在不同温度时对 25℃ 水的相对黏度及黏度（与表 1 中数据相比较）。

液体名称	水	乙 醇		
温度/℃	25	15	20	25
密度/g·mL^{-1}	0.9970			
相对黏度	—			
黏度/10^{-3}kg·m^{-1}·s^{-1}	0.8937			

表 1　乙醇在不同温度时的黏度

温度/℃	10	15	20	25	30	35
黏度/10^{-3}kg·m^{-1}·s^{-1}	1.466	1.332	1.200	1.096	1.003	0.914

六、思考题

1. 为什么测定黏度时要保持温度恒定？

2. 使用奥氏黏度计时，为什么注入黏度计中的标准液与待测液的体积必须相同？

3. 测定过程中，黏度计为什么要垂直的放置？

4. 恒温槽由哪几个部分构成，恒温原理是什么？

七、讨论

1. 实验室中还常用另一种毛细管黏度计，称为乌氏（Ubbelode）黏度计，结构如图 2。它的特点为：

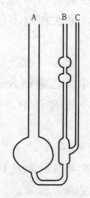

图 2　乌氏黏度计

（1）由于第三支管（C管）的作用，使毛细管出口通大气。这样，毛细管内的液体形成一个悬空液柱，液体流出毛细管下端时即沿着管壁流下，避免出口处产生涡流。

（2）液柱高 h 与 A 管内液面高度无关，因此每次加入试样的体积不必恒定。

（3）对于 A 管体积较大的稀释型乌氏黏度计，可在实验过程中直接加入一定量的溶剂而配制成不同浓度的溶液。故乌氏黏度计较多地应用于高分子溶液性质方面的研究。

2. 测定较黏稠的液体的黏度，可用落球法。即利用金属圆球在液体中下落的速度不同来表征黏度；或用转动法，即液体在同轴圆柱体间转动时，利用作用于液体的内切力形成的摩擦力矩的大小来表征其浓度。

3. 温度对液体黏度的影响十分敏感，因为随着温度升高，分子间距逐渐增大，相互作用力相应减小，黏度就下降。这种变化的定量关系可用下列方程描述：

$$\eta = A \cdot \exp \frac{E}{RT} \tag{3}$$

式中，E 为液体流动的表观活化能；A 为经验常数。分别可由 $\ln\eta$-$\frac{1}{T}$ 直线的截距和斜率求得。

实验二　液体和固体密度的测定

一、实验目的

1. 掌握密度测定的原理。

2. 用比重瓶法测定液体和固体的密度。

二、实验原理

密度（ρ）是物质单位体积（V）的质量（m），是物质的基本特性常数。密度不仅是体积与质量换算的参数，也是关联、推算物质的许多性质不可缺少的数据。据定义：

$$\rho = \frac{m}{V} \tag{1}$$

密度的单位是 $kg \cdot m^{-3}$，显然密度的测定包括质量与体积。质量可以由电子天平称得，而体积则由比重瓶测得。体积是温度的函数，所以体积的测定必须在恒温槽内进行。

常用的比重瓶是玻璃吹制的带有毛细管孔塞子的容器，见图 1。为防止瓶中液体挥发，容器口还加以盖帽。为求液体的体积，应用已知密度的液体（如水）充满比重瓶，恒

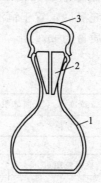

图 1　比重瓶

1—瓶身；2—瓶塞；3—盖帽

温后用减量法求得瓶内液体的质量,再利用 $V=\dfrac{m}{\rho}$ 求得体积。若求固体体积,则是把一定量固体浸于充满液体的比重瓶之中,精确测量被排出液体的体积。此被排出的液体体积,即为在比重瓶内固体的体积。据此原理,测定液体密度的公式是:

$$\rho_2 = \frac{m_2 - m_0}{m_1 - m_0}\rho_1 \tag{2}$$

式中,m_0 为空比重瓶的质量;m_1 为充满密度为 ρ_1 参比液体的比重瓶质量;m_2 为充满密度为 ρ_2 待测液体的比重瓶质量。

测定固体密度的公式是:

$$\rho_s = \frac{m_3 - m_0}{(m_1 - m_0)-(m_4 - m_3)}\rho_1 \tag{3}$$

m_3 为装有一定量密度为 ρ_s 的固体后比重瓶的质量;m_4 为装一定量固体并充满参比液体后的比重瓶质量。

三、仪器与试剂

水浴恒温槽,电子天平,比重瓶。

乙醇(A.R.),铅粒(A.R.)。

四、实验步骤

1. 液体密度测定

(1) 调节恒温槽温度为(30±0.1)℃。

(2) 在电子天平上称得洗净、干燥的空比重瓶质量 m_0。

(3) 用针筒往比重瓶内输入蒸馏水,直至完全充满为止。置于恒温槽中恒温 15min,用滤纸吸去毛细管孔塞上溢出的水后,取出擦干瓶外壁,称得质量为 m_1。

(4) 倒掉瓶中水,用热气吹干。在比重瓶内输入待测密度的乙醇,恒温后,称得质量为 m_2。

(5) 倒出瓶中乙醇,洗净比重瓶,以备后用。

2. 固体密度测定

(1) 同上液体密度测定步骤(1)、(2)、(3)。

(2) 在洗净干燥的比重瓶内放入一定量铅粒,称得质量为 m_3。

(3) 在含铅粒质量为 m_3 的比重瓶中输入蒸馏水。旋转比重瓶,让铅粒与水充分接触,以免铅粒之间有气泡存在。待水充满后,置于恒温槽中恒温 15min,用滤纸吸去毛细管孔塞上溢出的水,取出擦干,称得质量为 m_4。

五、实验记录和数据处理

1. 按下表记录实验数据。

空瓶重 m_0	盛水瓶重 m_1	水的密度(30℃)	瓶体积	盛乙醇瓶重	乙醇密度

空瓶重 m_0	盛水瓶重 m_1	盛铅粒瓶重 m_3	盛铅与水瓶重 m_4	铅密度

2. 将计算值与文献值比较,算出误差。

六、思考题

1. 测定密度时为什么要用恒温水浴？为什么要用参比液体？
2. 用比重瓶测定固体密度时，为什么不允许固体粒子与液体接触面上有气泡存在？
3. 测定易挥发的有机液体密度时，应注意哪些问题？

七、讨论

1. 测定液体密度的方法很多，常用的还有比重天平法、比重计法等。比重天平又称韦氏天平，当测锤浸入待测液体时，天平横梁上加上适量砝码与液体对固体测锤的浮力平衡，由砝码的重量和所在的位置即可直接读出液体对水的相对密度，并可计算得到该液体在当时温度下的密度。比重计是一个有刻度的测锤，将比重计浸入待测液体，让其浮在液体中，由液面处比重计的刻度即可读出该液体的密度。这两种方法测定速度较快，但精度稍低（尤其是比重计）。

2. 测定液体密度更现代化的方法是由密度计完成的。联计算机的密度计可以同时测定多个液体样品的密度，并自动显示和打印。

实验三 黏度法测定高聚物相对分子质量

一、实验目的

1. 测聚乙烯醇的相对分子质量的平均值。
2. 掌握用乌氏黏度计测定黏度的方法。

二、实验原理

高聚物的研究中，相对分子质量是一个不可缺少的重要数据。因为它不仅反映了高聚物分子的大小，并且直接关系到高聚物的物理性能。但与一般的无机物或低分子的有机物不同，高聚物多是相对分子质量不等的混合物，因此通常测得的相对分子质量是一个平均值。高聚物相对分子质量的测定方法很多，比较起来，黏度法设备简单，操作方便，并有很好的实验精度，是常用的方法之一。

高聚物在稀溶液中的黏度是它在流动过程所存在的内摩擦的反映。这种流动过程中的内摩擦主要有：溶剂分子之间的内摩擦；高聚物分子与溶剂分子间的内摩擦；以及高聚物分子之间的内摩擦。其中溶剂分子之间的内摩擦又称为纯溶剂的黏度。以 η_0 表示。三种内摩擦的总和称为高聚物溶液的黏度，以 η 表示。实践证明，在同一温度下，高聚物溶液的黏度一般要比纯溶剂的黏度大些，即 $\eta > \eta_0$。为了比较这两种黏度，引入增比黏度的概念，以 η_{sp} 表示：

$$\eta_{sp} = \frac{\eta - \eta_0}{\eta_0} = \frac{\eta}{\eta_0} - 1 = \eta_r - 1 \tag{1}$$

式中，η_r 称之为相对黏度，它是溶液黏度与溶剂黏度的比值，反映的仍是整个溶液黏度的行为；η_{sp} 则反映出扣除了溶剂分子间的内摩擦以后仅仅是纯溶剂与高聚物分子间以及高聚物分子之间的内摩擦。显而易见，高聚物溶液的浓度变化，将会直接影响到 η_{sp} 的大小，浓度越大，黏度也越大。为此，常常取单位浓度下呈现的黏度来进行比较，从而引入比浓黏度的概念，以 $\frac{\eta_{sp}}{c}$ 表示。又把 $\frac{\ln \eta_{sp}}{c}$ 定义为比浓对数黏度。因为 η_r 和 η_{sp} 是无因次量，$\frac{\eta_{sp}}{c}$ 和 $\frac{\ln \eta_{sp}}{c}$ 的单位是由浓度的单位而定，通常采用 $g \cdot mL^{-1}$，为了进一步消除高聚物分子间内摩擦的作用，必须将溶液无限稀释。当浓度 c 趋近于零时，比浓黏度趋近于一个极限值，即：

$$\lim \frac{\eta_{sp}}{c} = [\eta] \tag{2}$$

$[\eta]$ 主要反映了高聚物分子与溶剂分子之间的内摩擦作用，称为高聚物溶液的特性黏度。其数值可通过实验求得。因为根据实验，在足够稀的溶液中有：

$$\frac{\eta_{sp}}{c} = [\eta] + K[\eta]^2 c \tag{3}$$

$$\frac{\ln \eta_r}{c} = [\eta] - \beta[\eta]^2 c \tag{4}$$

这样以 $\frac{\eta_{sp}}{c}$ 及 $\frac{\ln \eta_r}{c}$ 对 c 作图得两条直线，这两条直线在纵坐标上相交于同一点（如图1所示），可求出 $[\eta]$ 数值。为了绘图方便，引进相对浓度 c'，即 $c' = c/c_1$。其中，c 表示溶液的真实浓度；c_1 表示溶液的起始浓度。

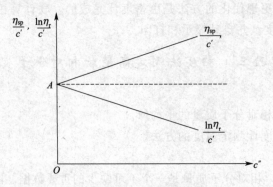

图1　对浓度 c 的两条直线

由图可知，

$$[\eta] = \frac{A}{c_1} \tag{5}$$

其中，A 为截距。

由溶液的特性黏度 $[\eta]$ 还无法直接获得高聚物相对分子质量的数据，目前常由半经验的麦克（H. Mark）非线性方程来求得：

$$[\eta] = KM^\alpha \tag{6}$$

式中，M 为高聚物相对分子质量的平均值；K、α 为常数，与温度、高聚物性质、溶剂等因素有关，可通过其他方法求得。实验证明，α 值一般在 $0.5 \sim 1$ 之间。聚乙烯醇的水溶液在 25°C 时，$\alpha = 0.76$，$K = 2 \times 10^{-2}$；在 30°C 时，$\alpha = 0.64$，$K = 6.66 \times 10^{-2}$。$(2 \sim 6)$ 式适用于非支化的、聚合度不太低的高聚物。

由上述可以看出高聚物相对分子质量的测定最后归结为溶液特征黏度 $[\eta']$ 的测定。而黏度的测定可以按照液体流经毛细管的速度来进行，根据泊塞勒（Poiseuille）公式

$$\eta = \frac{\pi r^4 thg\rho}{8lV} \tag{7}$$

式中，V 为流经毛细管液体的体积；r 为毛细管半径；ρ 为液体密度；l 为毛细管的长度；t 为流出时间；h 是作用于毛细管中溶液上的平均液柱高度，$h = (h_1 + h_2)/2$；g 为重力加速度。

液体在毛细管内靠液柱的重力流动，它所具有的位能，除了消耗于克服分子内摩擦的阻力外，同时使液体本身获得了动能，使实际测得的液体黏度偏低。如果液体的流速较大时，动能消耗的能量可达20％。因此，对泊塞勒公式必须进行修正。当液体流动较慢时，动能消耗很小，可以忽略。这时，对于同一黏度计来说 h、r、l、V 是常数。则式(7)有

$$\eta = k'\rho t$$

考虑到测定通常是在高聚物的稀溶液下进行，溶液的密度 ρ 与纯溶剂的密度 ρ_0 可视为相等，则溶液的相对黏度就可表示为：

$$\eta_r = \frac{\eta}{\eta_0} = \frac{k'\rho t}{k'\rho_0 t_0} \approx \frac{t}{t_0} \tag{8}$$

由此可见，由黏度法测高聚物相对分子质量，最基础的测定是 t_0、t、c，实验的成败和准确度取决于测量液体所流经的时间的准确度、配制溶液浓度的准确度和恒温槽的恒温程度、安装黏度计的垂直位置的程度以及外界的震动等因数。黏度法测定高聚物相对分子质量时，要注意以下几点。

(1) 溶液浓度的选择

随着溶液浓度的增加，聚合物分子链之间的距离逐渐缩短，因而分子链间作用力增大。当溶液浓度超过一定限度时，高聚物溶液的 $\frac{\eta_{sp}}{c}$ 和 $\frac{\ln\eta_r}{c}$ 对 c 的关系不成线性。通常选用 $\eta_r = 1.2 \sim 2.0$ 的浓度范围。

(2) 溶剂的选择

高聚物的溶剂有良溶剂和不良溶剂两种。在良溶剂中，高分子线团伸展，链的末端距增大，链段密度减少，溶液的 $[\eta']$ 值较大。在不良溶剂中则相反，且溶解很困难。在选择溶剂时，要注意考虑溶解度、价格、来源、沸点、毒性、分解性和回收等方面的因素。

(3) 毛细管黏度计的选择

常用毛细管黏度计有乌氏（如图2）和奥氏两种，测分子量选用乌氏黏度计。对2球

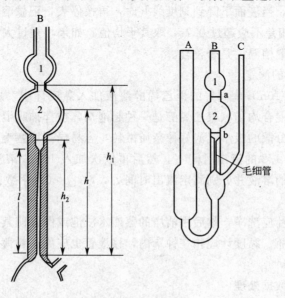

图 2　乌氏黏度剂

体积为 5mL 的乌氏黏度计，一般要求溶剂流经时间 t 在 100～130s 之间。

（4）恒温槽

温度波动直接影响溶液黏度的测定，国家规定用黏度计测定相对分子质量的恒温槽的温度波动为 $\pm0.05℃$。

三、仪器与试剂

恒温槽 1 套，乌氏黏度计 1 支，停表 1 块，吸球 1 个，容量瓶（100mL）1 个，移液管（10mL）2 支，烧杯（100mL）1 个，玻璃砂漏斗（3 号）1 个。

聚乙烯醇、正丁醇。

四、实验步骤

1. 高聚物溶液的配制

称取 0.5g 聚乙烯醇放入 100mL 烧杯中，注入约 60mL 的蒸馏水，稍加热使溶解。待冷却至室温，加入 2 滴正丁醇（去泡剂），并移入 100mL 容量瓶中，加水至刻度线。如果溶液中有固体杂质，用 3 号玻璃砂漏斗过滤后待用。过滤不能用滤纸，以免纤维混入。

2. 安装黏度计

所用黏度计必须洁净，有时微量的灰尘、油污等会产生局部的堵塞现象，影响溶液在毛细管中的流速，而导致较大的误差。所以做实验之前，应该彻底洗净；放在烘箱中干燥。然后在侧管 C 上端套一软胶管，并用夹子夹紧使之不漏气。调节恒温槽温度至 25℃。把黏度计垂直放入恒温槽中，使 1 球完全浸没在水中，放置位置要合适，便于观察液体的流动情况。恒温槽的搅拌马达的搅拌速度应调节合适，不致产生剧烈震动，影响测定的结果。

3. 溶剂流出时间 t 的测定

用移液管取 10mL 蒸馏水由 1（见图 2）注入黏度计中。待恒温后，利用吸球由 B 处将溶剂经毛细管吸入球 2 和球 1 中（注意：液体不准吸到吸球内），然后除去吸球使管 B 与大气相通，并打开侧管 C 之夹子，让溶剂依靠重力自由流下。当液面达到刻度线 a 时，立刻按停表开始计时，当液面下降到刻度线 b 时，再按停表，记录溶剂流经毛细管的时间 t_0。重复三次，每次相差不应超过 0.2s，取其平均值。如果相差过大，则应检查毛细管有无堵塞现象；查看恒温槽温度是否符合。

4. 溶液流出时间的测定

待 t_0 测完后，取 10mL 配制好的聚乙烯醇溶液加入黏度计中，用吸球将溶液反复抽吸至球 1 内几次，使混合均匀（聚乙烯醇是一种起泡剂，搅拌抽吸混合时，容易起泡，不易混合均匀，溶液中分散的极小气泡好像杂质微粒，容易局部堵塞毛细管，所以应注意抽吸的速度）。测定 $c'=1/2$ 的流出时间 t_1，然后再依次加入 10mL 溶液蒸馏水，稀释成浓度为 1/3，1/4，1/5 的溶液并分别测定流出时间 t_2，t_3，t_4（每个数据重复三次，取其平均值）。

实验完毕，黏度计应洗净，然后用洁净的蒸馏水浸泡或倒置使其晾干。为除掉灰尘的影响，所使用的试剂瓶、黏度计应扣在钟罩内，移液管也应用塑料薄膜覆盖（切勿用纤维材料）。

五、实验记录与数据处理

1. 将实验数据记录于下表中：

	流出时间			η_r	η_{sp}	$\dfrac{\eta_{sp}}{c}$	$\ln\eta_r$	$\dfrac{\ln\eta_r}{c}$
	测定值		平均值					
	1	2	3						

		流出时间平均值	η_r	η_{sp}	$\dfrac{\eta_{sp}}{c}$	$\ln\eta_r$	$\dfrac{\ln\eta_r}{c}$
溶剂		$t_0=$					
溶液	$c'=1/2$	$t_1=$					
	$c'=1/3$	$t_2=$					
	$c'=1/4$	$t_3=$					
	$c'=1/5$	$t_4=$					

2. 作 $\dfrac{\eta_{sp}}{c}$-c' 图和 $\dfrac{\ln\eta_{sp}}{c}$-c' 图，并外推至 $c'=0$，从截距求出 $[\eta]$ 值。

3. 由 $[\eta]=KM^\alpha$ 求出聚乙烯醇的相对分子质量 M_r。

实验四　易挥发液体摩尔质量的测定

一、实验目的

1. 用维克托-梅耶（Victor Meyer）法测定易挥发液体乙酸乙酯的摩尔质量。

2. 要求掌握质量、温度、压力、体积测量的基本操作。

二、实验原理

在温度不太低、压力不太高的条件下，蒸气或气体可以近似地视为理想气体，用理想气体，状态方程处理。

$$pV=nRT=\frac{m}{M}RT \tag{1}$$

式中，p 为气体压力；V 为气体体积；m 为气体的质量；M 为气体的摩尔质量；R 为摩尔气体常数；T 为气体的热力学温度。维克托-梅耶法是将一定质量的易挥发的液态物质，在一个温度高于该液体沸点的蒸发管中迅速蒸发为蒸气，该蒸气就把蒸发管中与其相等的物质的量的空气赶出管外。在常温、常压下，用水量气管测量被赶出的这部分空气的体积，并测得量气管内空气的温度与压力，就可按式(1) 算出液体的摩尔质量。

三、仪器与试剂

电子天平，测定装置（如图1），300W 电炉。

乙酸乙酯（A.R.）。

四、实验步骤

1. 将样品小玻泡在电子天平上准确称量后，置于酒精灯微火焰上加热一会儿，速将开口一端插入装有乙酸乙酯液体的瓶中，吸入样品管中约 0.15g 左右，然后将小玻泡开口端用火焰烧封，再在天平上准确称量。

2. 把称重后的玻泡置于内管上部十字管的玻璃棒上，塞紧管口使之密闭。打开三通活塞使内管与量气管相通，但与大气隔绝，下移水准瓶一段距离，观察量气管水面，以查看是否漏气。

3. 把三通活塞旋转至与大气相通，加热外管球部，待食盐水沸腾 5min 后，旋转活塞，使内管与量气管相通与大气隔绝。静待一段时间，观察量气管液面是否下降，以查看温度是否已经稳定。如果液面恒定，表明温度稳定。

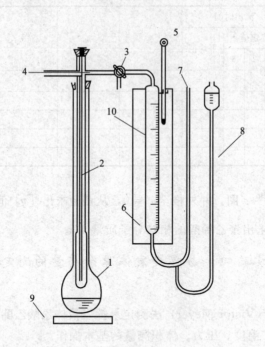

图 1　测定装置

1—外管；2—内管；3—三通活塞；4—玻棒；5—温度计；
6—水夹套；7—平衡管；8—水准瓶；9—加热电炉；10—量气管

4. 旋转三通活塞，使量气管与大气相通，移动水准瓶让量气管水面升到顶部附近，然后旋转活塞使量气管与内管相通。此时水准瓶内水面应与量气管中水面等高，读取量气管液面高度值（初始读数），拉动内管上部玻棒，使玻泡下落摔破。此时玻泡内液体受热迅速气化，将空气排入量气管中。同步移动水准瓶保持水准瓶内液面与量气管中液面等高。直至量气管中液面稳定，记录此处液面的高度值（终了读数）。同时读取水夹套温度及室内气压值。旋转活塞与大气相通，关闭电炉停止加热。

5. 取出内管，倒出碎玻泡，趁热吹出内管中蒸气。

6. 重复步骤 1～5，再做一次。

五、实验记录与数据处理

1. 将实验数据填入下表：

样品质量		排气体积		量气管温度	水蒸气压
1	2	1	2		

排除空气的压力应该扣除该温度下水的饱和蒸气压：

$$p = p_{大气} - p_{水}^{*} \tag{2}$$

式中，p 是排出空气的压力；$p_{大气}$ 是经校正过的大气压；$p_{水}^{*}$ 是在量气管温度下水的饱和蒸气压。

2. 按实验原理中的公式(1)计算乙酸乙酯的摩尔质量。

3. 计算相对误差。

六、思考题

1. 为什么可以用室温下测得的量气管中空气的压力、体积和温度来计算被测物质的摩尔质量?

2. 系统如何检漏? 如何判断系统已达热平衡?

3. 本实验装置对被测物质的摩尔质量和沸点有什么要求? 为什么?

4. 为什么实验前蒸发管内应通以干燥空气?

5. 如果乙酸乙酯在测定过程中已扩散到了蒸发管外, 其结果将导致测量值偏高还是偏低? 为什么?

七、讨论

1. 此方法的系统误差在于应用了理想气体状态方程而引进的。若精确测量可选择范德华方程或贝特隆方程等真实气体状态方程。

2. 若量气管中空气没有被水饱和, 按式 (2) 计算压力就会有误差。例如, 饱和度为 80% 则应该在水的饱和蒸气压上乘 0.8, 即: $p = p_{大气} - 0.8 p_{水}$。

3. 液体是在蒸发管下部蒸发, 排出同样量的空气进入量气管, 所以蒸发管的温度梯度不影响实验结果。但必须保持蒸发管温度梯度的稳定, 即各部位温度是稳定的。

4. 本实验装置还可以用来测定气态分子的缔合度。

实验五 摩尔气体常数的测定

一、实验目的

1. 学习摩尔气体常数的一种测定方法, 掌握理想气体状态方程。

2. 掌握分压定律的应用。

二、实验原理

如果通过实验测定 p、V、n、T, 就可以根据理想气体状态方程 $pV = nRT$, 计算摩尔气体常数 R。

实验通过一定量金属铝与过量盐酸反应, 产生一定量的氢气来测定 R 值:

$$2Al + 6HCl \longrightarrow 2AlCl_3 + 3H_2 \uparrow$$

在一定温度和压力下, 测定被置换出来的氢气的体积与物质的量。由于是水面收集的, 所以氢气中混有饱和的水蒸气。根据分压定律:

$$p_{氢气} = p_{大气} - p_{水}$$

将各项数据代入理想气体状态方程中, 就可以得到摩尔气体常数 R 的值。反过来, 这个方法也可以测定在一定温度和压力下气体的摩尔体积和金属的摩尔质量。

三、仪器与试剂

电子天平, 测定装置一套 (如图 1) 铝箔。

$HCl 8 (mol \cdot L^{-1})$。

四、实验步骤

1. 取 25~30mg 铝箔置于表面皿中, 在电子天平上精确称出铝箔的质量。

2. 按图 1 装好仪器, 然后移动水准瓶使量气管中的水面接近顶部零刻度附近, 固定之。

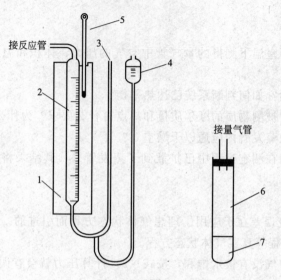

图 1　测量装置
1—水夹套；2—量气管；3—平衡管；4—水准瓶；
5—温度计；6—反应管；7—盐酸溶液

3. 在反应管中用滴管小心加入 3mL 8mol·L^{-1}盐酸（注意不能沾到管壁上），在称量好的铝箔上沾少许水，紧贴在反应管内壁（切勿与盐酸接触），固定反应管，塞紧橡皮塞。

4. 塞紧装置中所有橡皮塞，将水准瓶向下移动一段距离，使水准瓶中液面与量气管中液面维持一定高度差，固定水准瓶。如果两个液面保持不变，说明仪器不漏气。

5. 调整水准瓶液面与量气管液面等高，准确读取量气管中液面的刻度值（体积初始值），倾斜反应管，让铝箔落入盐酸中。反应开始进行，量气管液面开始下降。量气管内压力增加，为不致因压差造成漏气，在液面下降的同时，向下同步移动水准瓶使两液面维持等高。反应结束后固定水准瓶。待反应管冷却到室温后，再调整水准瓶内液面使之与量气管内液面在同一个水平上，准确读取量气管液面刻度值（体积终了值）。

6. 读取水夹套终水的温度和室内气压。

五、实验记录与数据处理

将实验数据填入下表：

铝箔质量	氢气物质的量	水饱和蒸气压	水温	氢气体积

将实验数据带入理想气体状态方程，计算出摩尔气体常数 R 值，并与标准值比较计算相对误差。

六、讨论

1. 量气管内压力是否等于氢气压力？

2. 实验中为什么不必对盐酸的浓度与用量准确要求？

3. 此装置还可以测定哪些物理量？写出简单原理。

4. 为什么要冷却到室温后方可读数？

实验六 液体饱和蒸气压的测定

一、实验目的

1. 了解静态法测定液体饱和蒸气压的原理，进一步加深对气液两相平衡、蒸气压及克劳修斯-克拉贝龙（Clausius-Clapeyron）方程的理解。

2. 熟悉和掌握恒温槽及真空泵的使用。

3. 测定不同温度下乙醇的蒸气压并求出其平均摩尔蒸发焓。

二、实验原理

在一定温度下将某纯液体置于一真空密闭容器中，当气液两相达到动态平衡即蒸气分子向液面凝结速率与液体分子脱离液面的蒸发速率相等时，液面上的蒸气压力即为纯液体在该温度下的饱和蒸气压，简称蒸气压。蒸气压数值定量地反映了液体挥发能力的大小，它与液体的性质和状态有关。液体分子间的引力越大，液相分子便越难于挣脱分子间束缚逃逸至气相，其蒸气压便越小。而温度升高时，一方面分子运动加剧，分子动能增大，具有逸出能力的分子数增多；另一方面由于体积膨胀使得分子间距离增大，分子间引力减小，能量较低的液体分子也可从表面逸出，因此蒸气压总是随着温度升高而增大。当液体蒸气压与外界压力相等时，液体便沸腾，其温度称为沸点，外压改变时液体沸点也会随之改变，通常将外压为101.325kPa时的沸点称为正常沸点。

若假定：①气液两相达到平衡，且蒸气可视作理想气体；②液体的摩尔体积与蒸气的摩尔体积相比可忽略不计；③蒸发热与温度无关。则蒸气压随温度变化的关系符合克劳修斯-克拉贝龙（Clausius-Clapeyron）方程：

$$\lg p = -\Delta_{vap} H_m / (2.303RT) + C \tag{1}$$

由式(1)可知，若测定出某液体在不同温度下的饱和蒸气压，然后以 $\lg p$ 对 $1/T$ 作图即可得到一斜率 $m = -\Delta_{vap} H_m / (2.303R)$ 的直线，从而求出液体的摩尔蒸发焓 $\Delta_{vap} H_m$。

测定液体蒸气压的方法主要有如下三种。

1. 气体饱和法

在一定温度和压力下让一定体积的空气或其他惰性气体缓慢通过待测液体，空气即被该液体的蒸气所饱和。分析混合气体中各组分的量以及总压，再按道尔顿分压定律便可求算出混合气体中蒸气的分压，此即为该温度下液体的蒸气压。该法适用于测定蒸气压较小的液体，它的缺点是通常不易达到真正的饱和状态，因此实验值偏低。

2. 动态法

改变外压并测定不同外压下液体的沸点，某沸腾温度时的外压即为该温度下的蒸气压。该方法的优点在于对温度的控制要求不太高，用于测定沸点较低液体的蒸气压，准确性较高。

3. 静态法

该法是以等位计进行测定的，其准确性较高。通过调节外压使等位计的两臂液面等高以平衡液体的蒸气压，测定出外压即可得到该温度下液体的饱和蒸气压。此法一般适用于蒸气压较大的液体，但用于较高温度下的蒸气压测定，准确性较差。本实验采用静态法测定乙醇在不同温度下的饱和蒸气压，测定装置见图 1 所示。E 是等位计，由球 A、U 形管 BC 及球形冷凝管组成，冷凝管上端有加样口 D。球 A 和 U 形管 BC 内均装有待测液体。将等位计置于恒温槽中，应注意使 U 形管和球体内的液面置于恒温槽水面之下。冷凝管的上端口接入一玻璃冷阱以进一步冷凝液体蒸气，然后与压力测定装置及真空抽气系统相连。若球 A 内的液体与其蒸气在一定温度下达成平衡，而 U 形管 BC 的两臂中液面等高时则表明 B 管液面上所受的外压与 C 管液面上待测液体的蒸气压相等，因此将当天室内的大气压减去由数字压力表读出的压力差即为液体的蒸气压。

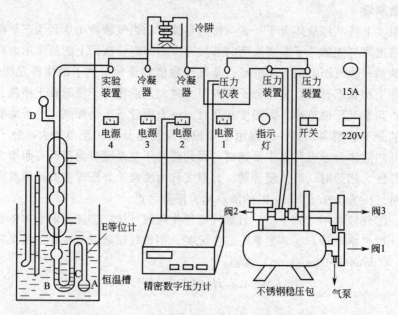

图 1　蒸气压测定装置图

三、仪器与试剂

气压计 1 台，真空泵及抽气系统 1 套，恒温装置 1 套，玻璃吹制的等位计 1 支，数字压力表 1 台。

乙醇（A. R.）。

四、实验步骤

1. 按图 1 连接好装置，检查等位计中样品量是否合适。等位计的球形部分应盛有大约 2/3 的液体，U 形管 BC 中应放入较多的液体，否则不易调节双臂液面等高。可从上端加样口 D 加入样品，或将等位计小心拿起倾倒以调节球体 A 和 U 形管中液体量。

2. 检查装置系统是否漏气。接通冷凝水，关闭进气阀 3，旋转与真空泵相连的三通活塞使系统与大气隔绝，打开阀 1 和阀 2，使真空泵与抽气系统气路畅通，接通电源，开启真空泵使数字压力表显示压差为 $300\sim400\text{mmHg}$，停止抽气。注意观察数字压力表的显示数值变化以检查系统是否漏气。若无泄漏，即可开始实验。

3. 蒸气压测定。将恒温槽温度调节至 t_1，开启真空泵，体系内的压力便逐渐降低，让 A 球中液体内部及其上方空间中的空气呈气泡状通过 U 形管 BC 并排出。抽气若干分钟后，待 U 形管中的液体已明显沸腾，关闭进气阀 1 和真空泵，一只手捏住进气橡皮管，另一只手慢慢打开进气阀 3，让空气缓缓进入测量系统，直至 U 形管 BC 的双臂中液面等高，从压力测量仪上读出压力差，重复上述抽气和使 U 形管 BC 两侧液面等高的调节过程，直到两次测定中压力测量仪上的压力差读数基本相同，这表明 A 球液面上方的空间已全部被乙醇蒸气占据，记下此时的压力差。

4. 将体系升温，每 5℃ 为一个间隔，按上述相同方法测定 t_2、t_3、t_4、t_5 四个不同温度时乙醇的蒸气压。由于温度升高后液体蒸气压增大，因此随后的几次测定中已不需再进行抽气。若升温过程中 U 形管 BC 内的液体发生暴沸，可漏入少量空气，以防止管内液体大量挥发而影响实验进行。

5. 关闭冷凝水、搅拌、加热器及电源，用虹吸法放掉恒温槽内热水，旋转真空泵处的三通活塞使之与大气相通。记录当天室温和大气压。

五、实验记录与数据处理

1. 实验数据记录于下表：

乙醇蒸气压测定

室温_____　　大气压 p_0 _____

温度 $t/℃$	$t_1 =$	$t_2 =$	$t_3 =$	$t_4 =$	$t_5 =$
温度倒数 T^{-1}/K^{-1}					
压力差 $\Delta p/kPa$					
蒸气压 $p (p = p_0 - \Delta p)$					
$\lg p$					

2. 绘出 $\lg p$ -$1/T$ 直线图，由其斜率求算出在实验温度区间内乙醇的平均摩尔蒸发焓 $\Delta_{vap}H_m$。

3. 绘制 p-T 曲线并与标准曲线比较。

不同温度下乙醇的饱和蒸气压数据可以参考附录表 12。

六、思考题

1. 为什么抽气时 U 形管 BC 内的液体会沸腾？
2. 为什么随后几个温度下的蒸气压测定中已不需重新抽气？
3. 升温过程中若等位计内液体发生暴沸，应如何处理？
4. 为什么要将等位计 A 球中的空气驱除？
5. 若 A 球内的液体中溶有其他杂质，对测定结果有何影响？

实验七　凝固点降低法测定溶质的摩尔质量

一、实验目的

1. 掌握溶液凝固点的测定技术，加深对稀溶液依数性质的理解。
2. 了解过冷现象及其产生原因。
3. 掌握凝固点降低法测定分子量的方法。

二、实验原理

若将少量难挥发性溶质溶于某溶剂中，则与纯溶剂时相比，溶液的蒸气压会下降，沸点会升高，凝固点会下降，在溶液和纯溶剂之间将产生渗透压，且这些性质的变化仅与一定量溶液中溶质的质点数目有关而与溶质的本性无关，通常将这些只依赖于溶质数量的性质称为稀溶液的依数性。

对稀溶液，若假定溶质不析出，仅析出固态纯溶剂，则可根据热力学原理推导出溶液的凝固点下降值与溶液浓度间的关系：

$$\Delta T_f = T_f^* - T_f = K_f b_B$$
$$\Delta K_f = R(T_f^*)^2 M_A / \Delta_{fus} H_{m,A}^{\ominus}$$

式中，ΔT_f 为溶液凝固点下降值；T_f^*、T_f 分别为一定外压下纯溶剂和溶液的凝固点；R 为通用气体常数；M_A、$\Delta_{fus} H_{m,A}^{\ominus}$ 分别为溶剂的摩尔质量和摩尔熔化焓；K_f 为凝固点下降常数，其数值仅与溶剂性质有关；对溶剂水而言，$K_f = 1.86 K \cdot mol^{-1} \cdot kg$，$b_B$ 为溶质的质量摩尔浓度。

$$b_B = n_B / m_A = m_B / (m_A M_B)$$

这表明若已知溶剂的凝固点下降常数 K_f，溶剂和溶质的质量 m_A、m_B，通过实验测定出加入溶质后溶液的凝固点下降值 ΔT_f，即可求算出所加溶质的摩尔质量：

$$M_B = (m_B K_f) / (m_A \Delta T_f)$$

溶液凝固点下降值的大小直接反映了溶液中所含溶质的质点数目多少，若溶质在溶液中发生离解、缔合、溶剂化和生成络合物等现象，均会影响溶质在溶剂中的表观分子量。因此可采用凝固点下降法研究溶液中溶质的缔合度、电解质的电离度、溶剂的渗透系数和活度系数。

在一定外压下，液体逐渐冷却开始析出固体时的平衡温度称为液体的凝固点。如图 1 所示，纯溶剂在凝固前温度随时间基本均匀下降，当达到凝固点时，析出固相，放出热量，补偿了对环境的热散失，因而温度保持恒定，直到液相全部凝固后，体系温度才会下降。其冷却曲线上有一平台，表明在液相凝固过程中体系温度不会变化。但液体在实际凝固过程中，由于开始结晶出的大量微小晶粒属于新相表面，具有较大的表面能，若外界不提供这部分能量，体系便需要靠自身积聚一定的能量，以度过新相产生的艰难初始

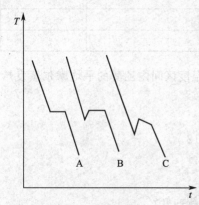

图 1 冷却曲线
A—纯溶剂；B—纯溶剂过冷；C—溶液过冷

阶段，因此实际液体在降温过程中往往会产生过冷现象，即体系温度降到凝固点时，起初并不析出固相，当降到凝固点以下的某个温度时，固相才会析出，之后由于固相析出的放热又使体系温度上升到凝固点，固相继续析出，体系温度不变。

溶液的冷却情况有所不同。当溶液冷却到凝固点，开始析出固态纯溶剂，随着溶剂的不断析出，溶液浓度逐渐变大，因此溶液的凝固点随溶剂的析出会不断下降，在其冷却曲线上没有温度不变的水平线段。若有过冷现象产生，溶剂的凝固点应从其冷却曲线上待温度回升后外推而得。

三、仪器与试剂

精密温度温差测量仪 1 台，保温筒 1 只，冰点测定管 1 支，50mL 移液管 1 支，温度计 1 支，玻璃搅棒 1 根。

待测物（A.R.），食盐，蒸馏水。

四、实验步骤

1. 准备冷浴

冰点测定设置如图 2 所示。在保温筒中放入敲碎的冰块和水，通过加入适量的食盐将冷浴温度调至 $-2\sim-3℃$。请注意不要将温度计作搅拌棒使用。

2. 样品称量

用天平精确称取待测物样品二份，每份样品量为 0.24g 左右，这样可使每份样品加入后溶液的冰点均下降约 0.15℃。

3. 测定纯溶剂水的冰点

用移液管吸取纯水 50mL，注入干燥清洁

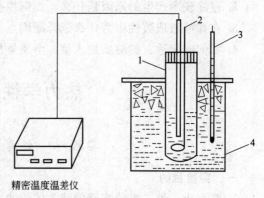
精密温度温差仪

图 2　冰点测定装置
1—冰点测定管；2—搅拌；3—温度计；4—保温筒

的冰点测定管内，将小搅棒和精密温度温差测定仪的测温探头一并放入测定管内，塞紧管口，注意勿将测温探头靠近管底或管壁，应将其悬于测定管中部。将冰点测定管插入冷浴中，用小搅棒不停地搅动液体，待液体温度降至接近或等于水的凝固点温度时，应加速搅拌，以促使冰析出而尽量避免严重的过冷现象。当冰析出后，由于相变潜热放出促使体系温度回升。此时减慢搅拌。注意仔细观察精密温度温差测量仪数值变化，其显示数值回升到稳定不变时，对应即为水的冰点。从冷浴中取出冰点测定管，用手温热之，待管中的冰融化后，再将其放入冷浴，按上述方法重新测定三次。

4. 测定溶液的冰点

将冰点测定管从冷浴中取出，待冰全部融化后，小心地将称量的第一份样品加入并轻轻搅动使之全部溶解。按步骤 3 测定溶液的冰点。在此测定过程中需注意，随着冰的析出，溶液的浓度不断增大，溶液的冰点会不断下将，密切观察溶液在过冷后温度回升所对应的最高值。如法加入第二份样品再行测定冰点。

注意事项：

1. 冰浴温度不低于溶液凝固点 2～3℃为宜。

2. 测定凝固点温度时，防止过冷温度超过 0.5℃。

3. 溶剂、溶质的纯度都直接影响实验的结果。

五、实验记录与数据处理

1. 按下表记录实验数据：

	纯水	溶液Ⅰ	溶液Ⅱ
质量/g	$m_A=$	$m_{B1}=$	$m_{B2}=$
冰点	$T_f^*=$	$T_{f1}=$	$T_{f2}=$
冰点下降 $\Delta T/K$			

2. 由实验测得的冰点下降值求待测物的摩尔质量。

六、思考题

1. 为什么要控制冷浴的温度？

2. 过冷现象产生的原因是什么，如何控制过冷程度？

3. 在稀溶液依数性中为什么选择凝固点下降法而不选沸点升高法测定溶质分子量？

4. 如何确定适宜的溶质加入量？溶质量加入太多或太少有何影响？

热力学性质的测定

实验八　偏摩尔体积的测定

一、实验目的

1. 掌握求一种二组分溶液偏摩尔体积的方法。

2. 加深对偏摩尔量概念的认识。

3. 熟悉有关热力学推导。

二、实验原理

恒温恒压下，物质的量分别为 n_A 和 n_B 的组分 A 和组分 B 形成二组分溶液。该溶液的任何容量性质 Y 的全微分可表示为：

$$dY = \left(\frac{\partial Y}{\partial n_A}\right)_{T,p,n_B} dn_A + \left(\frac{\partial Y}{\partial n_B}\right)_{T,p,n_A} dn_B \tag{1}$$

设 Y_A 和 Y_B 分别为物质 A 和 B 的某种容量性质 Y 的偏摩尔量。若溶液的容量性质为体积 V，则 V_A 和 V_B 分别为 A 和 B 的偏摩尔体积，定义为：$V_A = \left(\frac{\partial V}{\partial n_A}\right)_{T,p,n_B}$、$V_B = \left(\frac{\partial V}{\partial n_B}\right)_{T,p,n_A}$ 有

$$dV = V_A dn_A + V_B dn_B \tag{2}$$

当 T、p 一定时，根据偏摩尔量的集合性质

$$V = n_A V_A + n_B V_B \tag{3}$$

对式（2）微分后，

$$dV = V_A dn_A + V_B dn_B + n_A dV_A + n_B dV_B \tag{4}$$

将式（3）与式（4）比较、整理后得到：

$$x_A dV_A + x_B dV_B = 0 \tag{5}$$

式中，x_A 和 x_B 分别为组分 A 和 B 的摩尔分数。此式为吉布斯-杜亥姆公式。可见，V_A 和 V_B 间存在着函数关系，V_A 和 V_B 彼此不是独立的。V_A 的变化将引起 V_B 的变化，若 V_A 不变，V_B 也保持不变；当 x_B 为一定值，即溶液浓度一定时，dV_A 一定，dV_B 也就一定了。偏摩尔体积的物理意义可从两个角度理解，一是温度、压力及溶液组成一定的情况下，在一定量的溶液中加入极少量的 A（由于加入 A 的量极少，可以认为溶液浓度没有发生变化），此时，系统体积的改变量与所加入 A 的物质的量之比即为此时组分 A 的偏摩尔体积。还可以理解为向无限大量的溶液中加入 1mol A 物质（由于溶液是无限大量的，所以不会改变浓度）体积的增加值。由于混合以后分子间的作用发生变化，所以偏摩尔体积与摩尔体积是不同的。可以从摩尔体积与偏摩尔体积的比较中定性了解分子间的作用情况。

利用 V_A 和 V_B 与一些实验直接测定量的关系，经过数据处理，求算 V_A 和 V_B。通常

有两种求算偏摩尔体积的方法。

（1）Q-$\sqrt{b}$作图法

式（3）可改写为：

$$V = n_A V_{A,m}^* + n_B Q \tag{6}$$

式中，Q 定义为 B 的表观摩尔体积；$V_{A,m}^*$ 为纯 A 的摩尔体积。

$$Q = \frac{V - n_A V_{A,m}^*}{n_B} \tag{7}$$

由物质的量分别为 n_A 和 n_B 的物质 A、B 配成混合物，其单位体积质量为 ρ，则溶液的体积：

$$V = \frac{n_A M_A + n_B M_B}{\rho} \tag{8}$$

式中，M_A 和 M_B 分别为物质 A 和 B 的摩尔质量。把此关系式代入式（7），得：

$$Q = \frac{1}{n_B}\left(\frac{n_A M_A + n_B M_B}{\rho} - n_A V_{A,m}^*\right) \tag{9}$$

若溶液组成由质量摩尔浓度 b_B 表示时，即 $n_A = \dfrac{1\text{kg}}{M_A}$，$n_B = b_B$，则

$$Q = \frac{1}{b_B}\left(\frac{1 + b_B M_B}{\rho} - \frac{V_{A,m}^*}{M_A}\right)$$

设纯 A 的体积质量为 ρ_A，则有 $\rho_A = \dfrac{M_A}{V_{A,m}^*}$。所以

$$Q = \frac{1}{b_B}\left(\frac{1 + b_B M_B}{\rho} - \frac{1}{\rho_A}\right)$$

即：

$$Q = \frac{1}{b_B \rho \rho_A}(\rho_A - \rho) + \frac{M_B}{\rho} \tag{10}$$

由上式可知，与 Q 有关的量 b_B、ρ、ρ_A 都是实际可测的。所以 Q 可以通过实验测定这些量由计算获得。进而只要找到 V_A、V_B 和 Q 的关系，则摩尔体积可求。为此先把式（6）对 n_B 求导，得：

$$V_B = \left(\frac{\partial V}{\partial n_B}\right)_{T,p,n_A} = Q + n_B\left(\frac{\partial Q}{\partial n_B}\right)_{T,p,n_A} \tag{11}$$

而

$$V_A = \frac{V - n_B V_B}{n_A} \tag{12}$$

上式中的 V 与 V_B 分别用式（6）和式（11）的关系代入，得：

$$V_A = \frac{1}{n_A}\left[n_A V_{A,m}^* - n_B^2\left(\frac{\partial Q}{\partial n_B}\right)_{T,p,n_A}\right] \tag{13}$$

由式（11）和式（13）可以看出，V_A 和 V_B 可以由 n_A，n_B，Q 和 $\left(\dfrac{\partial Q}{\partial n_B}\right)_{T,p,n_A}$ 求得。

又因为溶液组成用质量摩尔浓度表示，故

$$\left(\frac{\partial Q}{\partial n_B}\right)_{T,p,n_B} = \left(\frac{\partial Q}{\partial b_B}\right)_{T,p,n_B} = \left(\frac{\partial Q}{\partial b_B} \cdot \frac{\partial \sqrt{b_B}}{\partial b_B}\right)_{T,p,n_B} \tag{14}$$

将式（14）代入式（11）得

$$V_B = Q + \frac{\sqrt{b_B}}{2}\left(\frac{\partial Q}{\partial b_B}\right)_{T,p,n_A} \tag{15}$$

因为水 $n_A = \dfrac{1\text{kg}}{M_\text{水}} = 55.51\text{mol}$，所以

$$V_A = Q^0 + \frac{b_B^2}{55.51\text{mol}}\left(\frac{1}{2\sqrt{b_B}} \cdot \frac{\partial Q}{\partial \sqrt{b_B}}\right) \tag{16}$$

对于强电解质稀薄水溶液，德拜-休克尔理论证明了其表观摩尔体积 Q 与 $\sqrt{b_B}$ 呈线性关系。如图 1 所示。对于 Q-$\sqrt{b_B}$ 线上的任何一点 $p(\sqrt{b_B}, Q)$，有

$$\frac{Q - Q^0}{\sqrt{b_B}} = \frac{\partial Q}{\partial \sqrt{b_B}}$$

$$V_B = Q^0 + \sqrt{b_B}\frac{\partial Q}{\partial \sqrt{b_B}}$$

则

$$V_B = Q^0 + \frac{3}{2}\sqrt{b_B}\left(\frac{\partial Q}{\partial \sqrt{b_B}}\right)_{T,p,n_A} \tag{17}$$

综上所述，为求偏摩尔体积，在实验上要先配制不同质量摩尔浓度的溶液，在恒温恒压下测定每一溶液及纯溶剂的体积质量，由式（10）计算每一溶液的 Q 值，作 Q-b_B 图。若是强电解质稀薄水溶液，得一条直线，直线的斜率为 $\partial Q/\partial\sqrt{b_B}$，由式（16）和式（17）计算 V_A 和 V_B。

（2）截距法

将式（3）两边同除以（$n_A + n_B$），则

$$\frac{V}{n_A + n_B} = \frac{n_A}{n_A + n_B}V_A + \frac{n_B}{n_A + n_B}V_B \tag{18}$$

即

$$V_m = x_A V_A + x_B V_B$$

式中 V_m 可由测得溶液的体积算得。测得一系列溶液的 V_m 后作 V_m-x_A 图（一般为曲线），过线上任一点作切线，切线的斜率为（$V_A - V_B$），$x_A = 0$ 的截距为 V_B。同理 $V_m = (1 - x_B)V_A + x_B V_B = (V_B - V_A)x_B + V_A$，所以 V_m-x_A 图任一点作切线 $x_B = 0$ 的截距为 V_A。如图 2 所示。

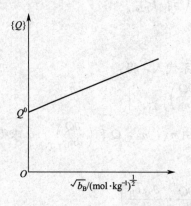

图 1　Q 与 $\sqrt{b_B}$ 呈线性关系

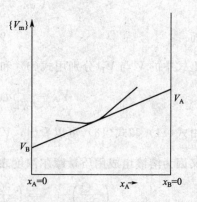

图 2　二组分溶液的 V_A 和 V_B 的关系

三、仪器与试剂

电子天平（公用），比重瓶 1 个，恒温槽 1 套，磨口锥形瓶（25mL）6 个，量筒（50mL）1 个，烧杯（400mL）1 个。

NaCl（A. R.）、蒸馏水。

四、实验步骤

1. 用称量法精确配制质量摩尔浓度分别为：3.0mol·kg^{-1}、2.0mol·kg^{-1}、1.0mol·kg^{-1}、0.7mol·kg^{-1}、0.5mol·kg^{-1}的 NaCl 水溶液。

2. 用比重瓶法测定 25℃ 时每一种 NaCl 溶液的体积质量 ρ_0，操作步骤如下。

（1）先将恒温槽的温度调到（25 ± 0.1）℃。

（2）用分析天平精确称得洁净干燥的空比重瓶（连毛细管磨口塞和磨口帽一起）的质量 m_1。

（3）取下瓶帽和毛细管磨口塞，将纯水注满比重瓶，轻轻塞上毛细管磨口塞，让瓶内的水经磨口毛细管溢出，注意瓶内不得有气泡，将比重瓶置于恒温水槽中，使水浸没瓶颈。恒温 10min 后，用滤纸迅速吸去毛细管溢出的水，盖上磨口帽，将比重瓶从恒温槽中取出（只可用手拿瓶颈处）用吸水纸将瓶外壁擦干（这时要特别小心，不要因手的温度过高而使瓶中的水溢出），再精确称量装满水的比重瓶的质量 m_2。

（4）倒出比重瓶中的纯水，用待测 NaCl 溶液冲洗净比重瓶后，注满待测 NaCl 溶液，重复步骤（3）的操作，称得装满被测 NaCl 溶液的比重瓶的质量 m_3。

（5）按以下公式计算 NaCl 溶液在温度 t 时的体积质量 $\rho(t)$：

$$\rho(t) = \frac{m_3 - m_1}{m_2 - m_1}\rho(H_2O, t)$$

式中，$\rho(H_2O, t)$ 为纯水在温度 t 时密度。

五、实验记录与数据处理

1. 列出原始数据。

2. 计算每一溶液的 b_B，$\sqrt{b_B}$，ρ 和 Q 值。

3. 作 Q-$\sqrt{b_B}$ 图，由图求 $\dfrac{\partial Q}{\partial \sqrt{b_B}}$ 及 Q^0 值。

4. 计算 25℃ 及实验大气压下，$b_B = 0.500$mol·kg^{-1} 和 $b_B = 1.000$mol·kg^{-1} 时水和 NaCl 的偏摩尔体积。

六、讨论

1. 用比重法测定液体的体积质量，测得精确结果的关键是什么？

2. 为提高溶液体积质量测得的精度，可做哪些改进？

实验九　用分光光度法测定弱电解质的电离常数

一、实验目的

1. 测定甲基红的电离常数，掌握一种测定弱电解质电离常数的方法。

2. 掌握分光光度计的工作原理和使用方法。

3. 掌握酸度计的工作原理和使用方法。

二、实验原理

根据比尔-朗伯（Beer-Lamber）定律，溶液对单色光的吸收，遵守下列关系式

$$A = \lg(I_0/I) = klc \tag{1}$$

式中，A 为吸光度；I_0/I 为透光率；l 为溶液的透光厚度（即比色皿的光径长度）；c 为溶液的浓度；k 为摩尔吸光系数。当溶质、溶剂及入射光的波长一定时，k 为常数，由式(1)可以看出：在固定比色皿光径长度和入射光波长的条件下，吸光度 A 和溶液浓度 c 成正比：

$$A = kc$$

波长为 λ 的单色光通过任何均匀而透明的介质时，由于物质对光的吸收作用而使透射光的强度 $（I）$ 比入射光的强度 $（I_0）$ 弱，其减弱的程度与所用的波长 $（\lambda）$ 有关。在分光光度分析中，将不同波长 $（\lambda）$ 的单色光，分别依次通过某一溶液，测定该溶液的吸光度 A，作 A-λ 图，就可以得到该物质的分光光度曲线，如图 1 所示。

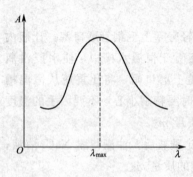

图 1　分光光度曲线

由图可以看出，对应于某一波长有一个最大的吸收峰，在最大吸收峰对应的波长 $\lambda_{\max}$ 下测定该溶液的吸光度，具有最佳的灵敏度。又因分子结构不同的物质对光的吸收有选择性，所以不同的物质在分光光度曲线上出现的吸收峰的位置及其形状以及在某一波长范围内的吸收峰的数目和峰高都与物质的特性有关。分光光度法就是根据物质对光的选择性吸收的特性而建立的，这一特性不仅是研究物质内部结构的基础，也是定性、定量分析的基础。为了提高测量的灵敏度，选择在待测物质分光光度曲线中最大吸收峰对应的波长 $\lambda_{\max}$ 下，测定该物质不同浓度溶液的吸光度，作出通过原点的线性的 A-c 图，然后测定未知浓度溶液的吸光度，就可以从所作的 A-c 图上，得出被测溶液的浓度。

以上讨论的是溶液中含一种待测物的情况，当溶液中含有两种或两种以上待测物时，情况就要复杂一些。

若两种被测物的分光光度曲线彼此不相重合，这种情况就等于分别测定含一种待测物的溶液。

若两种待测物的分光光度曲线接近重合，且遵守比尔-朗伯定律，则可分别在两波长 λ_1 及 λ_2（λ_1、λ_2 分别是两种待测物单独存在时分光光度曲线中最大吸收峰对应的波长）下测定总的吸光度，然后计算出两种物质的浓度。根据比尔-朗伯定律，假定比色皿的光径长 $（l）$ 一定，则对于 a 物质：$A_a(\lambda) = k_a(\lambda)c_a$，对于 b 物质：$A_b(\lambda) = k_b(\lambda)c_b$。对于待测混合物 a+b：$A_{a+b}(\lambda) = A_a(\lambda) + A_b(\lambda)$。在波长 λ_1、λ_2 混合物总的吸光度分别为：

$$A_{a+b}(\lambda_1) = A_a(\lambda_1) + A_b(\lambda_1) = k_a(\lambda_1)c_a + k_b(\lambda_1)c_b \tag{2}$$

$$A_{a+b}(\lambda_2) = A_a(\lambda_2) + A_b(\lambda_2) = k_a(\lambda_2)c_a + k_b(\lambda_2)c_b \tag{3}$$

由式(2)得：

$$c_b = \frac{A_{a+b}(\lambda_1) - k_a(\lambda_1)c_a}{k_b(\lambda_1)} \tag{4}$$

将式（4）代入式（3）得：

$$c_a = \frac{k_b(\lambda_1)A_{a+b}(\lambda_2) - k_b(\lambda_2)A_{a+b}(\lambda_1)}{k_a(\lambda_2)k_b(\lambda_1) - k_b(\lambda_2)k_a(\lambda_1)} \tag{5}$$

$k_a(\lambda_1)$、$k_a(\lambda_2)$、$k_b(\lambda_1)$ 和 $k_b(\lambda_2)$ 的值可以分别用 λ_1、λ_2 的单色光，测定一系列不同浓度的 a 溶液和不同浓度的 b 溶液的吸光度 A，以吸光度 A 对浓度 c 作图，从直线的斜率得到。

对于两种待测物的吸收曲线相互重合，但又不遵守比尔-朗伯定律、混合溶液含有未知物的情况这里不作讨论。

甲基红是弱电解质，在水溶液中存在下面的平衡：

红色　　　　　　　　　　　　　　　　黄色

可以简单地表示为：

$$HMR \Longrightarrow H^+ + MR^-$$

甲基红（HMR）的电离常数：

$$K_c = \frac{[H^+] \cdot [MR^-]}{[HMR]}$$

所以

$$pK_c = pH - \lg\frac{[MR^-]}{[HMR]} = pH - \lg\frac{c_b}{c_a} \tag{6}$$

可以用分光光度法，用式（4）、式（5）计算 c_a 和 c_b，再测定溶液的 pH 值。就可以利用式（6）求得甲基红的电离常数。

三、仪器和试剂

721 型分光光度计 1 台，型酸度计 1 台，容量瓶 100mL 7 个、25mL 8 个，量筒（50mL）1 个，烧杯（50mL）4 个，洗耳球 1 个，移液管 10mL 6 支、25mL 4 支、50mL 1 支。

晶体甲基红（A.R.），乙醇溶液（$w = 95\%$），HCl 溶液（$c = 0.1\text{mol} \cdot \text{L}^{-1}$），HCl 溶液（$c = 0.01\text{mol} \cdot \text{L}^{-1}$），HAc 溶液（$c = 0.02\text{mol} \cdot \text{L}^{-1}$），NaAc 溶液（$c = 0.01\text{mol} \cdot \text{L}^{-1}$），NaAc 溶液（$c = 0.04\text{mol} \cdot \text{L}^{-1}$）。

四、实验步骤

1. 溶液配制

（1）甲基红溶液：取 1g 甲基红加 300mL 95％乙醇，用水稀释到 500mL（此步可以由实验室准备）。

（2）标准溶液：取 5mL 上述溶液加 50mL 95％乙醇，加水到 100mL 待用。

（3）a 溶液：取 10mL 标准溶液加 10mL 0.1 mol · L^{-1} HCl 溶液，加水稀释到 100mL。

（4）b 溶液：取 10mL 标准溶液加 25mL 0.04 mol · L^{-1} NaAc 溶液，加水稀释到 100mL。

2. 测定 a、b 溶液的吸光度，找出最大吸收峰对应的波长 λ_1、λ_2。

将 A、B 和空白溶液（蒸馏水）分别放入 30mm 的比色皿中。调波长至 420nm，分别测定 A 溶液、B 溶液的吸光度。

420～440nm　波段每增 5nm 测定一次；

440～500nm　波段每增 20nm 测定一次；

500～540nm　波段每增 5nm 测定一次；

540～620nm　波段每增 20nm 测定一次。

每次测定前都必需用蒸馏水校正，使指示光点准线对准 100 的位置。

由所得的吸光度 A 值与波长 λ 绘出 A-λ 曲线，分别求出 a 溶液与 b 溶液的最大吸收峰的对应波长 λ_2。

3. 不同浓度的 a 溶液、b 溶液以及混合 a＋b 溶液的配制。

（1）不同浓度以酸式甲基红为主的 a 溶液的配制（总体积 25mL）

编号	a 溶液的体积百分数/%	a 溶液/mL	HCl（0.01mol·L^{-1}）/mL
a_1	80	20	5
a_2	60	15	10
a_3	40	10	15
a_4	20	5	20

（2）不同浓度以碱式甲基红为主的 b 溶液的配制（总体积 25mL）

编号	a 溶液的体积百分数/%	a 溶液/mL	NaAc（0.01mol·L^{-1}）/mL
b_1	80	20	5
b_2	60	15	10
b_3	40	10	15
b_4	20	5	20

（3）混合溶液 a＋b 的配制（加蒸馏水稀释至总体积 100mL）

编号	标准溶液/mL	NaAc(0.04mol·L^{-1})/mL	HAc(0.02mol·L^{-1})/mL
混 1			50
混 2	10	25	25
混 3			10
混 4			5

4. 分别用波长为 λ_1、λ_2 的单色光测定上述 12 种溶液的吸光度。

5. 测定混 1～混 4 溶液的 pH 值。

五、实验记录和数据处理

1. 分别作 a 溶液和 b 溶液的 A-λ 图。$\lambda_1 =$ _____ nm；$\lambda_2 =$ _____ nm。

2. 将实验数据填入下表：

编号	体积分数/%	$A_a(\lambda_1)$	$A_a(\lambda_2)$
a_1	80		
a_2	60		
a_3	40		
a_4	20		

由上表数据作 A-c 直线图，从斜率得到：$k_a(\lambda_1) =$ _____；$k_a(\lambda_2) =$ _____。

编号	体积分数/%	$A_b(\lambda_1)$	$A_b(\lambda_2)$
b_1	80		
b_2	60		
b_3	40		
b_4	20		

由上表数据作 A-c 直线图，从斜率得到：$k_b(\lambda_1) =$ _____；$k_b(\lambda_2) =$ _____。

编号	$A_{a+b}(\lambda_1)$	$A_{a+b}(\lambda_2)$	pH
混 1			
混 2			
混 3			
混 4			

由上表数据，结合式（4）和式（5）分别求出四个溶液的电离常数，然后求得平均值。
$pK_c =$ _____；$K_c =$ _____。

六、思考题

1. 配制溶液时 HCl、HAc、NaAc 各起什么作用？
2. 为什么要用蒸馏水作空白校正？

实验十 中和焓及醋酸电离焓的测定

一、实验目的

1. 测定醋酸与氢氧化钠的中和焓，并求醋酸的电离焓。
2. 掌握量热技术一般原理和有关计算。

二、实验原理

在一定的温度、压力和浓度下，1mol 酸和 1mol 碱中和时放出的热量叫中和焓。强酸强碱在水溶液中几乎全部电离，其中和反应实际上是：$H^+ + OH^- \longrightarrow H_2O$，因此不同强酸强碱的中和焓应相同。对于弱酸和弱碱来说，它们在水溶液中没有完全电离，因此在反应的总热效应中还包含着弱酸弱碱的电离热。若中和反应是在绝热良好的杜瓦瓶中进行的（如图 1），让酸和碱的起始温度相同，测定时碱稍过量，以使酸被完全中和，则中和放出的热量可认为全部为溶液和量热计所吸收，这时可写出如下热平衡式

$$n_{酸} \Delta H_m + (mC + K)\Delta T = 0 \tag{1}$$

式中，$n_{酸}$ 为酸的物质的量，mol；ΔH_m 为摩尔中和焓，$J \cdot mol^{-1}$；m 为溶液的总质量，g；C 为溶液比热容，$J \cdot g^{-1} \cdot K^{-1}$；$K$ 为量热计热容量，$J \cdot g^{-1}$；ΔT 为温度升高值，K。

量热计热容量 K 的测定是用强酸强碱中和反应引起的温度变化利用已知的中和焓带入式（1）计算得到。

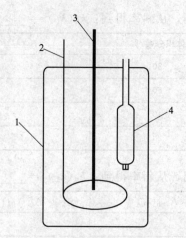

图 1　中和焓测定装置

1—杜瓦瓶；2—搅拌器；3—吹出瓶；4—数字贝克曼温度计探头

三、仪器与试剂

500mL 杜瓦瓶 1 个，数字贝克曼温度计 1 台。

1mol·L^{-1}的 NaOH 溶液，0.1mol·L^{-1}的 HCl 标准溶液，0.1 mol·L^{-1}的 HAc 标准溶液。

四、实验步骤

1. 量热计热容量 K 值的测定

用容量瓶取 350mL0.1 mol·L^{-1}HCl 标准溶液于干净量热计中，先在干净吹出管的毛细管口涂上凡士林，另取 35mL 1mol·L^{-1}的 NaOH 溶液于吹出管中，按图 1 固定在瓶盖上，并悬于杜瓦瓶的酸液里。贝克曼温度计探头插入量热计中，缓缓搅拌至温度计读数基本稳定。在保持一定搅拌速度的条件下，每半分钟记录温度 1 次，经 8 次读数后，用洗耳球从吹出管上口压气，使管内碱液冲破毛细管凡士林封口而流入量热计中。继续搅拌并保持每半分钟读一次数，达最高温度后再读 8 次为止。

2. 弱酸强碱中和焓的测定：

用 0.1 mol·L^{-1}的 HAc 标准溶液代替 NaOH 溶液重复步骤 1。

五、实验记录与数据处理

将实验数据记入下表：

量热计 K 值测定		弱酸中和焓的测定	
HCl 溶液浓度/ mol·L^{-1}		HAc 溶液浓度/ mol·L^{-1}	
HCl 溶液体积/mL		HAc 溶液体积/mL	
NaOH 溶液浓度		NaOH 溶液浓度	
NaOH 溶液体积		NaOH 溶液体积	
升温 $\Delta T/K$		升温 $\Delta T/K$	
中和焓/J·mol^{-1}		中和焓/J·mol^{-1}	
溶液平均温度/℃		溶液平均温度/℃	
量热计 K 值/J·K^{-1}		HAc 电离焓/J·mol^{-1}	

由于热平衡的建立需要一定的时间，反应后的温度需要一定时间才能升到最高，而量热计又不是绝对的绝热系统，会与环境进行微小的热交换。为了消除这种热交换的影响，求得绝热条件下的真实温升 ΔT，可用如图 2 所示的外推作图法。即先根据实验数据作出温度-时间曲线，从曲线上相当于反应前后平均温度的 M 点引垂线与温度读数的延长线交于 A、B 两点，相应的 ΔT 即为所求真实温差，这时认为反应就是在相当于这一温度的那一瞬间完成的。为了提高读数精度，可把外推部分作适当放大。

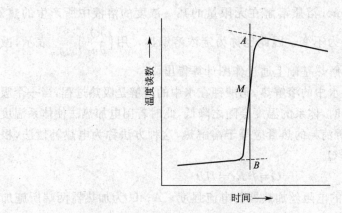

图 2　温度-时间曲线

强酸与强碱的摩尔中和焓可由下式计算获得：

$$\Delta H_m = -57111.6 + 209.2(T-298)$$

计算中，假定稀溶液的密度为 $1g \cdot mL^{-1}$。

醋酸摩尔电离焓的计算：

$$HAc \longrightarrow H^+ + Ac^-$$
$$H^+ + OH^- \longrightarrow H_2O$$
$$\overline{HAc + OH^- \longrightarrow H_2O + Ac^-}$$

所以醋酸的摩尔电离焓 ΔH_m(电离)$= \Delta H_m$(弱酸中和)$- \Delta H_m$(强酸中和)

六、思考题

1. 什么叫量热计热容量？它包括什么内容？
2. 什么叫真实温差？为什么要求真实温差？
3. 中和焓除与温度、压力有关外，与浓度有无关系？
4. 1mol HCl 与 1mol H_2SO_4 被强碱完全中和时放出的热量是否相同？
5. 弱酸的电离是吸热还是放热？

实验十一　溶解焓的测定

一、实验目的

1. 了解电热补偿法测定热效应的基本原理。
2. 通过电热补偿法测定硝酸钾在水中的积分溶解热，并用作图法求微分溶解热。
3. 掌握电热补偿法仪器的使用方法。

二、实验原理

物质溶解在溶剂中，常伴随有热效应发生，此热效应称为该物质的溶解热。溶解热是除生成热、中和热、燃烧热外的另一种非常重要的热化学数据之一，主要应用于溶液中的反应。知道了溶解热才能计算出溶液中化学反应的热效应。溶解热与溶质、溶剂的量有关，还与体系的温度压力有关。

溶解热有积分溶解热和微分溶解热两种。积分溶解热是指在一定温度压力下，把1mol物质溶解在 n_0 mol溶剂中所产生的热效应，由于此过程中溶液的浓度会逐渐改变，因此也称为变浓溶解热，用 Q_s 来表示，积分溶解热可由实验测定。微分溶解热是指在一定温度、一定压力下，把1mol溶质溶解在无限量的某一浓度的溶液中所产生的热效应，在此过程中溶液的浓度可视为不变，因此也称为定浓溶解热，用 $\left(\dfrac{\partial Q_s}{\partial n_0}\right)_{T,p,n}$ 表示，微分溶解热可在实验测得的积分溶解热基础上通过作图计算得出。

本实验测硝酸钾溶解于水中的溶解热,硝酸钾在水中的溶解是吸热过程,当一个吸热的溶解过程在绝热容器中进行时,体系的温度会随之降低,此时若用电加热法使体系温度回升至起始温度,则加热过程中所消耗的热量应等于溶解热,这种方法称为电热补偿法,根据所耗的电能可以求出其热效应 Q。

$$Q = I^2 R t = I U t$$

式中，I 为通过电阻 R 的电阻丝加热器的电流强度，A；U 为加热器两端所施加的电压，V；t 为通电时间，s。

补偿法测定溶解热的装置如图1所示。实验数据的采集和处理也可以通过计算机自动完成。

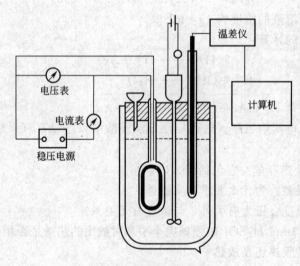

图1 量热计及其电路图

三、仪器与试剂

数字式直流稳流电源1台，量热计（包括杜瓦瓶）、搅拌器、加热器1套，直流伏特计1台，停表1只，称量瓶8只。

硝酸钾。

四、实验步骤

1. 用容量瓶量取250mL蒸馏水，加入到杜瓦瓶中。

2. 在 8 只称量瓶中，在电子天平上依次称量约 1.0g、1.5g、2.5g、3.0g、3.5g、4.0g、4.5g 和 5.0g 的硝酸钾（事先已研磨、烘干）。记下准确数据并编号。

3. 调节好温度计。

4. 按图 1 装置装好仪器，开启搅拌器电源，待体系温度基本恒定后，接通加热电源，调节输出电压，使 $IU=3AV$ 左右，当水温升至比室温高出约 $0.5℃$（以此点作反应时体系的起始温度），立即按动秒表开始计时并立即从加料口加入第一份样品，用塞子塞住加料口，等体系温度回到起始温度时，停止计时，记录时间（读准至 0.5s），接着再加入第二份样品，重复上述操作，记录再次回到起始温度的时间，直至 8 份样品全部测定完毕。

注意事项：

1. 本实验应确保样品充分溶解，因此实验前应加以研磨，实验时需有合适的搅拌速度，加入样品时速度要加以注意。

2. 搅拌速度不适宜时，还会因水的传热性差而导致 Q 值偏低，甚至会使 Q_s-n_0 图变形。

3. 实验过程中加热时间与样品的量是累计的，切不可在中途停止实验。

4. 实验结束后，杜瓦瓶中不应存在硝酸钾的固体，否则需重做实验。

五、实验记录与数据处理

1. 记录水的质量、八份硝酸钾样品的质量及相应的通电时间。

2. 计算 n_{H_2O}。

3. 计算每次加入硝酸钾后的累计质量 m_{KNO_3} 和累计通电时间 t。

4. 计算每次溶解过程中的热效应 Q：$Q=IUt=I^2Rt$。

5. 计算溶液的浓度 n_0。

$$n_0 = \frac{n_{H_2O}}{n_{KNO_3}} = \frac{m_{H_2O}}{M_{H_2O}} \cdot \frac{M_{KNO_3}}{m_{KNO_3}}$$

6. 计算每次溶解过程中的热效应。

将算出的 Q 值进行换算，求出当把 1mol 硝酸钾溶于 n_0 mol 水中时的积分溶解热 Q_s：

$$Q_s = \frac{Q}{n_{KNO_3}} = \frac{I^2Rt}{m_{KNO_3}/M_{KNO_3}} = \frac{101.1I^2Rt}{m_{KNO_3}}$$

7. 作 Q_s-n_0 图，从图中求出 $n_0=80$，100，200，300，400 处的积分溶解热。

以上数据列在下表中：

$I=$ _____ A $U=$ _____ V

样 品 号	1	2	3	4	5	6	7	8
每次加入 KNO_3 质量								
KNO_3 累计质量								
n_0								
累计通电时间/s								
Q_s/J·mol								

六、思考题

1. 本实验装置能否用于测定放热反应的热效应？

2. 除电热补偿法外，是否还有其他方法测溶解热？

3. 实验开始时系统的设定温度要比环境温度高 0.5℃，为什么？

实验十二　化学反应平衡常数的测定

一、实验目的

1. 用静态法测定一定温度下氨基甲酸铵的分解压力，并求出分解反应的平衡常数。

2. 掌握温度对反应平衡常数的影响，由不同温度下平衡常数的数据，计算标准摩尔反应焓 $\Delta_r H_m^{\ominus}$、标准摩尔反应吉布斯函数 $\Delta_r G_m^{\ominus}$ 和反应的标准熵 $\Delta_r S_m^{\ominus}$。

二、实验原理

氨基甲酸铵是合成尿素的中间产物，不稳定，易发生如下分解反应：

$$NH_2COONH_4(s) \Longleftrightarrow 2NH_3(g) + CO_2(g)$$

该反应是可逆的多相反应，很容易达到平衡。在压力不太大时气体的逸度近似为 1，且纯固态物质的活度为 1，所以分解反应的标准平衡常数 $K^{\ominus}$ 为：

$$K^{\ominus} = \frac{p_{NH_3}^2 \, p_{CO_2}}{(p^{\ominus})^3} \tag{1}$$

因为固体的蒸气压很小可以忽略不计，故 $p_{总} = p_{NH_3} + p_{CO_2}$。从化学反应式可以看出，$p_{NH_3} = 2p_{CO_2}$，所以 $p_{NH_3} = \frac{2}{3}p_{总}$；$p_{CO_2} = \frac{1}{3}p_{总}$，因此有：

$$K^{\ominus} = \frac{4}{27}\left(\frac{p_{总}}{p^{\ominus}}\right)^3 \tag{2}$$

由此可见，当反应达到平衡时只要测定总压就能算出反应的标准平衡常数。

由范特霍夫方程可以看出温度对标准平衡常数的影响：

$$\frac{d\ln K^{\ominus}}{dT} = \frac{\Delta_r H_m^{\ominus}}{RT^2} \tag{3}$$

在温度范围较小的情况下，可以视标准摩尔反应焓 $\Delta_r H_m^{\ominus}$ 为常数。因此

$$\ln K^{\ominus} = -\frac{\Delta_r H_m^{\ominus}}{RT} + C \tag{4}$$

以 $\lg K^{\ominus}$ 对 $\frac{1}{T}$ 作图，应为直线，其斜率为 $-\dfrac{\Delta_r H_m^{\ominus}}{2.303R}$，由此获得标准摩尔反应焓 $\Delta_r H_m^{\ominus}$ 值。再根据 $\Delta_r G_m^{\ominus} = -RT\ln K^{\ominus}$ 求得标准摩尔反应吉布斯函数 $\Delta_r G_m^{\ominus}$。反应的标准摩尔熵 $\Delta_r S_m^{\ominus}$ 可以近似地由实验温度范围的标准摩尔反应焓 $\Delta_r H_m^{\ominus}$ 和标准摩尔反应吉布斯函数 $\Delta_r G_m^{\ominus}$ 通过计算得到：

$$\Delta_r S_m^{\ominus} = \frac{\Delta_r H_m^{\ominus} - \Delta_r G_m^{\ominus}}{T} \tag{5}$$

三、仪器与试剂

数字压力计 1 台，恒温水浴 1 套，静态平衡压力装置 1 套。

硅油，氨基甲酸铵。

四、实验步骤

1. 取少量（3～5g）氨基甲酸铵装入干燥的样品管中，在干燥的等压计中装上硅油。将样品管与等压计用厚的胶皮管连接好（注意防漏）。

2. 按图 1 安装好装置。

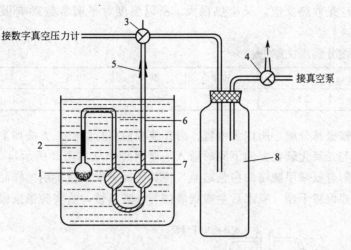

图 1　静态法测分解平衡常数装置

1—样品管；2—厚胶皮管；3，4—真空三通；5—磨口接头；
6—等压计；7—硅油封；8—缓冲瓶

3. 将恒温槽水温调至 25℃，把三通活塞 3 旋至三通状态与大气隔绝，旋三通活塞 4 与真空泵连通与大气隔绝。开启真空泵对系统抽气，约 8min。旋活塞 4 与真空泵相通而与系统隔绝。此时系统处于密闭状态。等压计 6 中硅油封 U 形管液面右高左低。此时因为样品开始分解液面会有变化，维持 10min，待液面的高差不再随时间变化，认为反应已达平衡。并且系统不漏气。

4. 小心旋转活塞 4，使空气缓慢进入系统，同时观察硅油封 U 形管，待液面齐平时立即关闭活塞。读取压力计读数、室内气压。

5. 依次调恒温槽 30℃、35℃、40℃、45℃，测定分解压力（不必开启真空泵）。

五、实验记录与数据处理

1. 室内气压 $p_{大气}$＝_____ kPa，将实验数据填入下表：

水浴温度/℃	25	30	35	40	45
气压计数值/kPa					
分解压/kPa					

2. 以 $\lg K^{\ominus}$ 对 $\frac{1}{T}$ 作图，求出分解反应的标准摩尔反应焓 $\Delta_r H_m^{\ominus}$ 值。

3. 计算 25℃时氨基甲酸铵分解反应的标准摩尔反应吉布斯函数 $\Delta_r G_m^{\ominus}$，反应的标准摩尔熵 $\Delta_r S_m^{\ominus}$。

六、思考题

1. 氨基甲酸的用量对分解压有无影响？

2. 升温测试过程为什么不必再抽气？

3. 将空气缓慢放入系统时，若放入的空气过多，会出现什么现象？

4. 为什么要保持系统的干燥？

七、讨论

该分解反应是放热反应，反应热很大。所以温度对平衡常数影响很大，要严格控制温度。

氨基甲酸铵分解压文献值：

温度/℃	25.0	30.0	35.0	40.0	45.0	50.0
分解压/kPa	11.73	17.06	23.80	32.93	45.33	62.93

氨基甲酸铵极易分解，所以无市售。需在实验前自行制备。方法如下：在通风橱内将钢瓶中的氨气与二氧化碳在常温下同时通入一塑料袋中（如图 2 所示），一定时间后塑料袋内壁上即可附着氨基甲酸铵的白色结晶。将其搓揉下来装瓶备用。样品易吸水，在制备与保存时容器要保持干燥（吸水后生成碳酸铵与碳酸氢铵，给实验带来误差）。

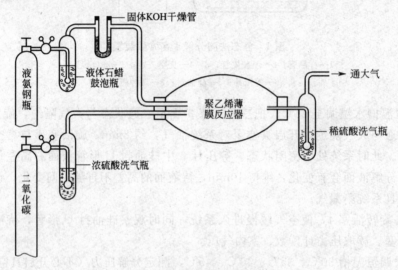

图 2　氨基甲酸制备装置图

另外，因为氨气有腐蚀性，加之氨气与二氧化碳一起吸入真空泵内将会生成凝结物，损坏泵。因此真空泵前应装有吸附浓硫酸的硅胶干燥塔。

实验十三　二组分简单共熔系统 T-x 图的绘制

一、实验目的

1. 掌握应用步冷曲线测绘相图的原理与方法。
2. 掌握整套实验装置及其软件的基本原理和使用。

二、实验原理

用几何图形来表示多相平衡体系中有哪些相、各相的成分如何，不同相的相对量是多少，以及它们之间随浓度、温度、压力等变量变化的关系图叫作相图。

通常情况下，压力对液-固平衡的影响很小，所以只考虑温度、组成与相平衡的关系。测绘二组分液-固平衡系统相图最常用的方法是热分析法。其基本原理是根据系统在冷却过程中温度随时间的变化来判断系统内部是否发生相变化。通常做法是将已知成分的各组成不同的样品加热使之成液态。然后让其冷却，记录降温的速率（即温度随时间的变化数据），作温度-时间曲线（称冷却曲线或步冷曲线）。如果步冷曲线连续下降，则表明系统中没有相变化。当系统中发生相变化（液态物质凝成固态）时，由于相变产生的热效应可以部分或全部补偿系统释放的热量，使降温速率下降。在步冷曲线上表现为出现转折点或停歇点。根据转折点和停歇点可以确定系统开始发生相变时的温度以及相变终了时的温度。通过测绘一系列不同成分样品的步冷曲线，就可以绘制出二组分系统的 $T\text{-}x$ 相图（如图1）。

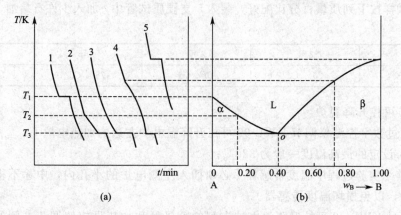

图 1　步冷曲线与相图

现根据一组实验数据作出步冷曲线图，如图1所示，图中，A 组分为铋，B 组分为镉。曲线 1、2、3、4、5 分别为所配不同质量百分比的样品所测出的步冷曲线。

纯物质的步冷曲线（曲线1、曲线5），以曲线1为例。当曲线1的温度不断下降，至544K 时，达到纯铋的凝固点 T_3，铋开始转化成固体，水平线段为液-固二相平衡，在这一阶段铋不断凝固，放出热量，温度维持在 544K 时不变。直到铋完全凝固，无热量放出补充，温度下降。

混合物的步冷曲线（曲线2、3、4）不同于纯物质的，以曲线2为例，当温度下降到 T_2 时，步冷曲线出现拐点，温度下降到 T_3 后，步冷曲线出现水平段。然后温度再直线下降。这是因为当温度下降到 T_2 时，开始有铋凝固出来。放出的热量部分抵消系统散热，降温速率减慢。液相成分不断变化，镉的浓度越来越大。直到达到其低共熔点温度 T_3 时，镉也达到饱和凝固出来，此时系统三相共存，两种金属同时析出，所放出的热量完全抵消了系统的散热，自由度 $F=0$，温度保持不变，直到液相完全消失后，温度才可以下降。而曲线3正好是两种金属同时凝固的情况。

由步冷曲线绘制相图是以横坐标表示混合物的成分，依次在对应的纵坐标上标出开始出现相变的温度（即步冷曲线上水平段温度和拐点温度），并将这些相变点连接，即得出相图。

由图1可以看出步冷曲线与相图存在密切的对应关系。图1(b) 是一种形成简单低共熔混合物的二组分体系相图。由相律公式（$F=C-P+1=2-1+1=2$），图中 L 为液相区，系统的条件自由度为2；β 为纯 B 和液相共存的二相区；α 为纯 A 和液相共存的二相区；水平线段以下表示纯 A 和纯 B 共存的二相区；o 为低共熔点。它们相区的相数都是 2（$P=2$），所以自由度为 1（$F=1$）；水平段表示 A、B 和液相共存的三相（$P=3$）共存线，自由度为 0（$F=0$）；

三、仪器与试剂

KWL-09 程序升降温控制器 1 台，KWL-08 可控升降温电炉 1 台，随仪器配置电脑 1 台及其配套软件（已安装到随配的电脑上）。

镉、铋（A. R.）。

四、实验步骤

1. 将试样按下列质量百分比配好，装入 5 支硬质试管中，加入少许石蜡油，并将试管编号：

1号	2号	3号	4号	5号
100% Bi	20% Cd	40% Cd	75% Cd	100% Cd

2. 调节可控升降温炉

(1) 通过数字控温仪调节 KWL-09 可控升降温电炉左边的加热电炉 I。

注：① 设定的最高温度一般为 320℃；

② 在整个实验过程中温度传感器 I 必须插入左侧电炉的小孔内，中途不得拿出且必须垂直放置，以免损坏温度传感器。

(2) 通过 KWL-09 可控升降温电炉右侧的冷风量和加热量旋钮调节右侧的降温冷却电炉，以确保样品冷却速度保持在 6～12℃/min 之间（环境温度低可加热，环境温度高可吹冷风）。

3. 软件操作

(1) 启动软件，进入软件操作界面，通过"文件"→"新建"或快捷方式打开四个用户界面，再通过"数据通讯"→"联机"分别与四台仪器联机。

(2) 根据实际情况选择串行口："设置"→"串行口"；设置软件采样时间："设置"→"选项"，先选择单位：毫秒和秒；然后拖动右侧的滚动条，设置时间值；另外，当前坐标不能满足绘图时，可以在"设置"→"设置坐标系"进行设置。

(3) 待硬件设备准备好时，软件开始绘图："数据通讯"→"开始实验"，弹出"新实验"窗口，然后点击"确定"按钮，软件开始绘图。

(4) 停止实验，点击："数据通讯"→"停止实验"，软件停止数据采集及绘图。

(5) 保存数据：在"文件"→"保存"，分别以样品标号与自己小组的标号为文件名进行保存。

4. 步冷曲线的测定

分别测定上述五个样品的步冷曲线。并分别保存为图文件（＊.BLX，即步冷曲线）和数据库 Excel 形式。

5. 绘制打印步冷曲线及相图

(1) 相图绘制

① 打开已绘制好的步冷曲线，用鼠标在该曲线上找到平台温度（或拐点温度，或最低共熔点），并在"鼠标位置"处显示温度值。

② 执行"数据处理"→"相图绘制"命令，弹出"二组分金属相图"窗口，输入平台温度、拐点温度和最低共熔点。

③ 在类型中选择相应的简单二组分相图，或铅锡二组分相图，或铋锡二组分相图。

④ 点击"计算及绘图"按钮，即可绘制相应的相图。

⑤ 点击"保存"按钮，保存当前图形和数据。

⑥ 点击"打印"按钮，打印当前图形。

⑦ 点击"打开"按钮，打开保存的二组分相图（＊.ZFT）。

注：1. 从 n 条步冷曲线中，求得平台温度、拐点温度和最低共熔点，然后进行金属相图绘制（$n \geqslant 4$）。

2. 必须有两组纯物质，且该两组纯物质的最低共熔点必须要填，可以是混合物的最低共熔点温度值。

（2）分组打印

① 执行此"文件"→"分组打印"命令弹出"分组打印"窗口（如图 2）。

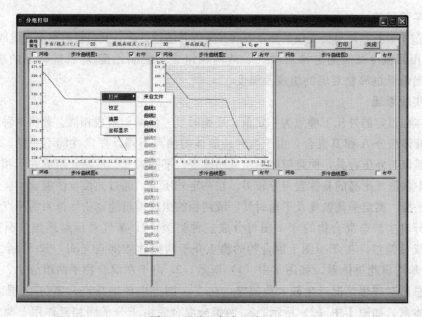

图 2　"分组打印"窗口

② 在每个打印预览区内点击右键，弹出快捷菜单，执行各项菜单命令。

③ 点击"打开"→"来自文件"命令，弹出一个打开窗口，选择需要打开的文件，即可显示；或者点击"打开"→"曲线 n"命令，软件自动打开软件主界面里打开的曲线。

④ 点击"校正"命令，只有对当前选中的打印显示区操作有效，可以对该显示区的图形的平台/拐点、最低共熔点及样品组成进行修改。点击"结束校正"命令，结束图形属性校正，其他显示区激活。

⑤ 点击"显示坐标"命令，鼠标在绘图区内移动，可以动态显示当前鼠标的坐标值。

⑥ 点击"清屏"命令，清屏当前选中的绘图区。

五、实验记录与数据处理

1. 以温度为纵坐标时间为横坐标出各个样品的步冷曲线。

2. 以表格列出实验数据：

Cd 的含量	0%	20%	40%	75%	100%
转折点温度/K	—		—		—
停歇点温度/K					

3. 由步冷曲线绘制出与之对应的相图。

4. 标出各相区平衡物的相态。

六、讨论

1. 如果有过冷现象,应如何读取相变温度?

2. 用加热曲线可否测绘相图?

3. 还有什么方法可以测绘二组分系统 T-x 图?

实验十四　完全互溶双液体系 T-x 图的绘制

一、实验目的

1. 通过实验熟悉阿贝折光仪的测定原理并掌握其使用方法,及由折射率确定组成的方法;

2. 采用回流冷凝法测定沸点时气、液两相组成,绘制乙醇-环己烷体系的沸点-组成图,并找出最低恒沸物对应的组成及温度。

二、实验原理

纯液体在恒定的外压下沸点为一定值,平衡时气、液两相组成相同。若将两种完全互溶的挥发性液体组分 A 和 B 混合,由于两种纯液体的沸点不同,挥发性能不一样,因此混合物的沸点不仅与外压有关,而且随体系组成而改变,平衡时气、液两相组成并不相同,通常平衡气相中含蒸气压高的易挥发组分较多。在一定外压下,通过蒸馏仪使混合物体系气、液两相达成平衡,测定平衡温度及平衡时气、液两相的组成即可绘制出该体系的沸点组成图。

二组分真实液态混合物的 T-x 图可分成三种类型:1. 蒸气总压对理想情况产生不大的正偏差或负偏差,在 T-x 图上混合物的沸点介于两纯物质沸点之间,苯-丙酮、氯仿-乙醚、苯-甲苯均属此类体系。如图 1 中(1)所示。2. 由于在混合物中两组分 A、B 相互作用,蒸气总压对理想情况产生较大负偏差,在 T-x 图上出现最高点,氯仿-丙酮、盐酸-水便属此类体系,如图 1 中(2)所示。3. 两组分混合后由于分子间相互作用,蒸气总压对理想情况产生较大的正偏差,相应地在 T-x 图上便出现最低点,此点气液线相交。乙醇-环己烷、苯-乙醇、环己烷-异丙醇等属于此类体系,如图 1 中(3)所示。在沸点-组成图上,与最高点或最低点相对应的混合物称为最高或最低恒沸混合物,恒沸物在两相平衡时气、液两相组成相同,恒沸物所对应的温度和组成与外压大小有关。

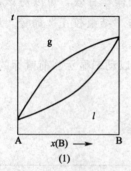 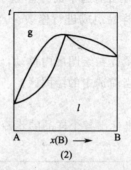 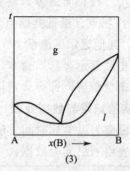

图 1　完全互溶双液体系的 T-X 图

本实验采用自制的 N-72 型蒸馏仪(见图 2 所示)测定混合物沸点。该蒸馏仪是一带有蛇形冷凝管的烧瓶,瓶底有一两端开口,通向瓶外的环形玻璃管,内穿一根电热丝,用以加热体系。在冷凝管与烧瓶之间有一半球形的小室，作为收集气相回流液之用。烧瓶内储放的液体量不能超过抽取液相样液用的支管。温度计水银球的位置应一半浸入液相中，一半露在蒸气中。

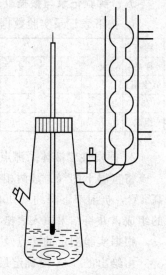

两相达成平衡时，分别取气、液两相用阿贝折光仪测定其折射率，由于该体系的折射率与组成有关，因此通过测定气、液两相折射率，查一定温度下的折射率-组成工作曲线，即可确定气、液两相组成。

三、仪器与试剂

蒸馏仪 1 套，电热丝 1 段，温度计 1 支，阿贝折光仪 1 台，调压变压器 1 台，洗耳球 1 个，磨口小样品管 4 只，滴管 4 只，滴管盒 1 个。

环己烷（A.R.），乙醇（A.R.）。

四、实验步骤

图 2　N-72 型蒸馏仪

1. 安装好蒸馏仪，检查蒸馏仪是否干净、干燥，开启冷凝水。自蒸馏仪的侧口加入乙醇。转动调压变压器手柄加电压（注意勿超过 20V），使电热丝将液体加热到缓慢沸腾。待气、液两相平衡，温度恒定（±0.1℃）后，记下乙醇的沸点及室内大气压。

2. 停止加热，自侧口加入环己烷，耐心地通过控制环己烷加入量使沸点降到约 76℃。待气、液两相平衡温度基本稳定后，记下沸点，停止加热，立即用吸管分别吸取气、液两相样液，暂放于干净的磨口小样品管内，然后用折光仪先测定气相样液的折射率，再测定液相样液的折光率。

3. 再依次加入环己烷，分别将体系的沸点调节为 72℃、68℃、65℃左右，重复上述测定过程，并注意在取样前将蒸馏仪缓缓倾侧数次，以使气相冷凝液承接处的液体充分回流，气、液两相达成平衡，随后先测定气相样液的折射率，再测定液相样液的折射率。

4. 将蒸馏仪中的混合物小心地倒入废液回收瓶，用洗耳球把仪器吹干，然后加入环己烷，测定其沸点。再依次滴加乙醇，按上述办法分别测定沸点为 76℃、72℃、68℃、65℃左右的气、液两相样液的折射率。

注意事项：

1. 如图 3 所示，环己烷摩尔分数在 95％~100％范围内时，沸点随组成的变化很大。需要仔细调整液相组成，使沸点在 72~74℃之间至少有一对气液组成点，否则很难绘制相图。方法：如沸点过高，加入乙醇；沸点过低加环己烷。文献值：恒沸点 64.8℃，组成 $x_{环己烷}=0.545$。

2. 折光仪是精密光学仪器，测试过程中切不可将滴管与其玻璃部件（棱镜）接触。也不能用滤纸、吸水纸擦拭。一般可以用洗耳球把残留液吹干，或用专用的镜头纸擦去异物。

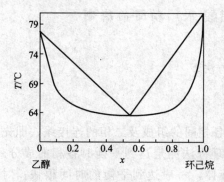

图 3　乙醇-环己烷气液平衡相图

五、实验记录与数据处理

1. 按下表记录实验数据：

沸点												
样品	g	l	g	l	g	l	g	l	g	l	g	l
n(室温)												
n(25℃)												
组成												

2. 挥发性双液体系沸点-组成图的绘制

将室温下的气、液两相样液折射率换算成 25℃时折射率值，并填入表格。温度每升高 1℃，折射率下降约 0.00055。用内插法在折射率-组成工作曲线上确定气、液两相样品的组成，并将结果填入表格。

根据实验测定的沸点及对应的气、液两相组成绘制乙醇-环己烷的 T-x 图。

由绘出的 T-X 图确定最低恒沸物对应的温度及组成。

表 1 列出了乙醇-环己烷系统 25℃时的折射率。

表 1　乙醇-环己烷系统 25℃时的折射率

环己烷摩尔分数	折　射　率	环己烷摩尔分数	折　射　率
0.000	1.35935	0.5984	1.40342
0.1008	1.36867	0.7013	1.40890
0.2052	1.37766	0.7950	1.41356
0.2911	1.38412	0.8970	1.41855
0.4059	1.39216	1.0000	1.42338
0.5017	1.39836		

六、思考题

1. 实验过程中为什么必须开启冷凝水？怎样才能使体系达成气-液平衡？

2. 实验过程中能否用水清洗蒸馏仪或取样品的滴管？

3. 如何绘制一定温度下折射率-组成的工作曲线？

4. 工业为什么常生产 95％的酒精？只用精馏的方法是否可以得到无水酒精？

实验十五　三液系（三氯甲烷-醋酸-水）相图的绘制

一、实验目的

1. 熟悉相律和用三角形坐标表示三组分相图的方法。

2. 用溶解度法测绘三氯甲烷-醋酸-水系统的相图。

二、实验原理

为了绘制相图就需通过实验来测定达到平衡时各相间的组成及二相的连接线，即先使系统达到平衡，然后把各相分离，再用化学或物理方法测定达到平衡时各相的成分。系统达到平衡的时间可以相差很大。对于互溶的液体，一般达到平衡的时间很快；对于溶解度较大但不生成化合物的水盐体系，也很容易达到平衡；而对于一些难溶盐，则需要相当长的时间。由于结晶过程往往要比溶解过程快得多，所以通常把样品置于较高的温度下，使其较多溶解，然后把它移放在温度较低的恒温槽中，令其结晶，加速达到平衡。

水和三氯甲烷的相互溶解度较小，而醋酸却与水和三氯甲烷互溶。在三氯甲烷和水组成的二相混合物中加入醋酸，能增大水和三氯甲烷之间的溶解度，醋酸越多，互溶度越大，当加入酸酸达到某一定数量时，水和三氯甲烷能完全互溶。

在定温定压下，三组分系统的状态和组成之间的关系通常可用等边三角形坐标来表示，如图1所示。

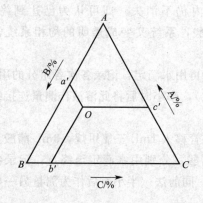

图1　三角形坐标表示法

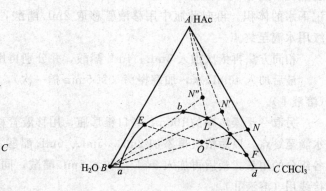

图2　三组分相图

等边三角形的三个顶点各代表纯组分，三角形三条边 AB、BC、CA 分别代表 A 和 B，B 和 C，C 和 A 所组成的二组成的组成，而三角形内任何一点表示三组分的组成，如图1中的 O 点，其组成可表示如下：

经 O 点作平行于三角形三条边的直线，直线交三边分别为 a'、b'、c' 三点，若将三条边均分成100等分，则 O 点的 A、B、C 组成分别为：

$$A/\% = Cc' \qquad B/\% = Aa' \qquad C/\% = Bb'$$

对共轭溶液的三组分系统，即三组分中两对液体，A 和 B、A 和 C 完全互溶，而另一对 B 和 C 部分互溶的相图如图2所示。图中，B 和 C 的浓度在 Ba 和 Cd 之间属于可以完全互溶的情况，在 ad 之间系统是两液相平衡共存的情况，呈平衡的两相称"共轭"溶液。一相是 B 在 C 中的饱和溶液（d 点，以 C 为主），另一相是 C 在 B 中的饱和溶液（a 点，以 B 为主）。若系统存在第三个组分 A，则 A 在这对共轭溶液的两相中都能溶解。共轭溶液的饱和溶解度曲线为 abd，这样 abda 就在相图上形成一个闭合区域，在这个闭合区域中为两相平衡，相图中其他区域是单相区。系统组成落在这个区域就分成两相。如 O 点，分成组成分别为 E 和 F 的两相。E 和 F 称为共轭溶液。连接 EF 的线段称"结线"。事实上，溶解度曲线 abd 就是由各结线的端点连接而成。

三、仪器和试剂

50mL 滴定管（酸式、碱式）各1只，100mL 磨口锥形瓶2只，10mL 移液管1支，5mL 移液管2支，2mL 移液管4支，25mL 磨口锥形瓶4只。

氯仿（A. R.），醋酸（A. R.），0.5mol·L^{-1}标准 NaOH 溶液。

四、实验步骤

在洁净的酸式滴定管中装入水，在洁净的碱式滴定管中装入 0.5mol·L^{-1}标准的 NaOH 溶液，在 100mL 干燥洁净的磨口锥形瓶中，用 10mL 移液管移取 8mL 三氯甲烷，再用 2mL 移液管移取 1mL 醋酸，振荡，混合均匀，用酸式滴定管缓缓滴入水，且不断振摇，在滴定时要一滴一滴慢慢加入水，特别是在醋酸含量较少时，更应特别注意，在醋酸含量较多时，开始可滴得快一些，接近终点要慢慢地滴加，因此时溶液接近饱和，溶解平衡需要较长的时间，因而更需要多加振荡。由于分散的油珠颗粒能散射光线，所以只要系统出现浑浊，而在二三分钟内仍不消失，即可认为已达到终点，记下水的体积。再向此瓶中用移液管移取 2mL 醋酸，系统又变成透明的均相系统，继续用水滴至终点。

相同方法再依次加入 3mL、4mL 醋酸，并分别再用水滴定，记录各次各组分的用量。

最后加入 40mL 水，加塞振荡（每 5min 摇一次），半小时后将此溶液作测量连接线用（溶液Ⅰ）。

另取一干燥洁净的 100mL 磨口锥形瓶，用移液管移入 1mL 三氯甲烷，3mL 醋酸，用水滴至终点，以后依次再添加 2mL、5mL、6mL 醋酸，分别用水滴定至终点，记录各次各组分的用量，最后再加入 9mL 氯仿和 5mL 醋酸，同前法，半小时后作为测量另一根连接线用（溶液Ⅱ）。

把溶液Ⅰ、Ⅱ迅速转移到事先干燥的洁净的分液漏斗中，半小时后待两层液体分清，把上下两层液体分开，用干燥、洁净的移液管吸取溶液Ⅰ上层 2mL、下层 2mL，分别放于已称重的 25mL 锥形瓶（带塞）再称其重量，然后以酚酞作指示剂，用 0mol·L^{-1} 5NaOH 溶液滴至终点。

同法吸取溶液Ⅱ上层 2mL、下层 2mL，称重并滴定之。

五、实验记录与数据处理

1. 溶解度曲线的绘制：

温度＝_____℃

序号	CH$_3$COOH		CHCl$_3$		H$_2$O		$m_{总}$/g	w/%		
	V/mL	m/g	V/mL	m/g	V/mL	m/g		CH$_3$COOH	CHCl$_3$	H$_2$O
Ⅰ	1		8							
	3		8							
	6		8							
	10		8							
	10		8		再加40					
Ⅱ	3		1							
	5		1							
	10		1							
	16		1							
	21		10							

根据上表数据，在三角坐标纸上，画出各次的组成点，然后用曲线板将这些点连接成

一光滑的曲线。

标明由曲线分割开的各相区的意义。

2. 连接线的绘制

溶　　液		m(溶液)/g	V(NaOH)/mL	$w(CH_3COOH)$/%
I	上			
	下			
II	上			
	下			

根据 $w(CH_3COOH)$ 在溶解度曲线上找出相应点，其连线即为连接线，它应该通过物系点。

六、讨论

温度 T 时密度计算公式：

$$d_T = d_S + \sigma(T - T_S) \times 10^{-3} + \beta(T - T_S)^2 \times 10^{-6} + \lambda(T - T_S)^3 \times 10^{-9}$$

式中，$T_S = 273.2K$。

氯仿、冰醋酸的 d_S、σ、β、λ 值如下：

名　　称	d_S	σ	β	λ
$CHCl_3$	1.5264	-1.856	-0.531	-8.8
CH_3COOH	1.072	-1.1229	0.0058	-2.0

氯仿在水中的溶解度：

温度/K	273.2	283.2	293.2	303.2
$w(CHCl_3)$/%	1.052	0.888	0.815	0.770

水在氯仿中的溶解度：

温度/K	276.2	284.2	290.2	295.2	304.2
$w(CHCl_3)$/%	0.019	0.043	0.061	0.065	0.109

实验十六　差热分析

一、实验目的

1. 掌握差热分析的基本原理与实验方法，掌握 CRY-1 型差热分析仪的使用方法。

2. 用差热分析仪测定硫酸铜的差热图并定性解释图谱。

二、实验原理

物质在受热或冷却过程中会发生熔化、凝固、晶型转变、分解、脱水等物理或化学变化，这些物理或化学变化发生的同时通常都伴随有吸热或放热效应。差热分析法就是利用这一特点测量试样和参比物之间温度差对温度或时间的函数关系，借以研究和了解物质所发生变化的信息。差热分析可以获得两条曲线：一条是温度曲线，另一条是温差曲线。差热分析的原理如图 1 所示。将试样和参比物分别放入坩埚，置于炉中程序升温，改变试样和参比物的温度。若参比物和试样的热容相同，试样又无热效应时，则二者的温差近似为零，此时得到一条平滑的基线。随着温度的升高，试样产生了热效应，而参比物未产生热效应，二者之间产生了温差，在 DTA 曲线中表现为峰，温差越大，峰也越大，温差变化次数愈多，峰的数目也愈多。峰顶向上的峰称放热峰，峰顶向下的峰称吸热峰。

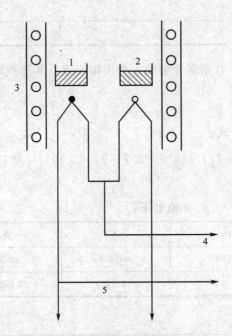

图 1　差热分析的原理

1—试样；2—参比物；3—炉丝；4—温度 T_s；5—温差 ΔT

图 2 是典型的 DTA 曲线，图中表示出四种类型的转变：Ⅰ为二级转变，这是水平

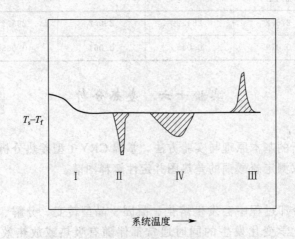

$T_s - T_f$

Ⅰ　　Ⅱ　　Ⅳ　　Ⅲ

系统温度 →

图 2　典型的 DTA 曲线

基线的改变；Ⅱ为吸热峰，系由试样的熔融或熔化转变引起的；Ⅲ为吸热峰，是由试样的分解或裂解反应引起的；Ⅳ为放热峰，是由于试样结晶相变的结果。在同样的受热条件下，试样（S）与参比物（R）之间产生温差（ΔT），由于参比物在实验温度范围内不发生任何物理化学变化，产生这个 ΔT 的原因无疑是试样发生了某种变化。测定产生温差时的温度（T）及温差的大小并绘制差热图以分析物质变化过程的方法，称差热分析。

差热分析仪的结构可简单地示意为图3。

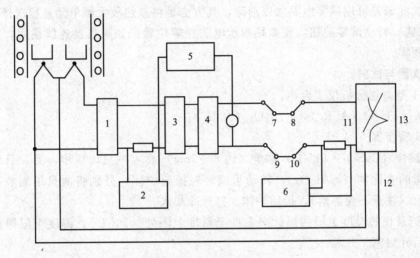

图 3　差热分析仪方框图

1—斜率调整电路；2—调零电路；3—微伏放大器；4—5G23集成电路；5—量成转换电路；

6—基线位移电路；7～10—DTA；11—蓝笔；12—红笔；13—记录仪

1. 温度程序控制单元和可控硅加热单元

温度控制系统由程序信号发生器、微伏放大器、PID调节器和可控硅执行元件五部分组成。程序信号发生器按给定的程序方式（升温、恒温、降温、循环），给出毫伏信号。如温控热电偶的热电势与程序信号发生器给出的毫伏值有偏差时，说明炉温偏离给定值。此时，以偏差值经微伏放大器放大，送入PID调节器。再经可控硅触发器导通可控硅执行元件，调整电炉的加热电流，从而使偏差消除，达到使炉温按一定速度上升、下降或恒定的目的。

2. 差热放大单元

差热信号放大器用以放大温差电势，由于记录仪量程为毫伏级，而差热分析中温差信号很小，一般只有几微伏到几十微伏，此差热信号在输入记录仪前必须放大。将差热信号（ΔT）通过斜率调整电路送入由微伏放大器和集成电路组成的高增益放大电路，然后经转换开关送至双笔记录仪，由蓝笔记录差热曲线。在进行差热分析的过程中，如果升温时试样没有热效应，则温差热电势始终为零，差热曲线为一直线，称为基线。然而由于两个热电偶的热电势和热容量以及坩埚形状、位置等不可能完全对称，在温度变化时仍有不对称电势产生。此电势随温度升高而变化，造成基线不直。可以用斜率调整线路，选择适当的抽头加以调整，消除不对称电势。斜率调整的方法是将差热放大量程选择开关置于$100\mu V$，程序升温选择"升温"，升温速率采用$10℃/min$，用移位旋钮将蓝笔处于记录纸中线附近，走纸速度选择$300mm/h$，这时蓝笔所画出的应该是一条直线（坩埚中未放样品和参比物）。在升温过程中如果基线偏离原来的位置，则主要是由于热电偶不对称电势引起基线漂移。待炉温升到750℃时（视仪器使用的极限温度而定，如国产的CRY-1型差热分析仪的极限温度为800℃），通过斜率调整旋钮校正到原来位置，基线向右倾斜，旋钮向左调，基线向左倾斜，旋钮向右调，调到基线位置。此外，基线漂移还和样品杆的位置、坩埚位置、坩埚的几何尺寸等因素有关。由于电路元件的特性不可能完全一致，当放大器没有输入信号电压时，输出电压应为零。事实上仍有相当数量的输出电压，这称为初始偏差。此偏差可用调零电路加以消除，其方法是将差热放大器单元量程选择开关置于"短路"位置，转动调零旋钮，使差热指示电表在零位置。如果仪器连续使用，一般不需要每次都调零。

三、仪器与试剂

CRY-1型差热分析仪1台。

$CuSO_4 \cdot 5H_2O$（A. R.），$\alpha\text{-}Al_2O_3$（A. R.）。

四、实验步骤

1. 将试样（$CuSO_4 \cdot 5H_2O$）称重（约6～7mg）放入一只坩埚中，另一只坩埚中放入同样质量的参比物（$\alpha\text{-}Al_2O_3$）。转动手柄轻轻摇起炉体，分别将两只坩埚放在左、右两只托盘上（注意不要洒落），摇回炉体。打开冷却水。

2. 将记录仪的温度上限的黑针向右推至温度上限处（300℃），温度下限黑针向左推到底。然后开启笔1开关。

3. 将升温方式的选择开关指在升温的位置，开启总电源、温度程序控制单元和差热放大单元的开关。调"手动"旋钮使温度控制单元上的偏差指示仪指针至"零"位。

4. 将差热放大器的量程开关调至$\pm 100\mu V$处，程序方式为"升温"，采用10℃/min。

5. 开启记录仪中笔2开关，调差热放大器单元上的"移位"旋钮使笔2处于记录纸中线附近。开启走纸电机，走纸速率选择300mm/h。

6. 按下温度程序单元上的"工作"按钮和电炉开关

7. 实验完毕，抬起记录笔，依次关闭记录仪、差热放大单元、温度程序控制单元和总电源，最后关闭冷却水。

注意事项：

1. 试样$CuSO_4 \cdot 5H_2O$需研磨使其粒度与参比物$\alpha\text{-}Al_2O_3$相当（200目），并使两者在坩埚内填装的紧密程度基本一样。

2. 摇下炉体前，检查其是否转回到原处（样品杆在炉体中心的位置）。应确保其复位后，才能摇动手柄，否则会弄断样品杆。

五、实验记录与数据处理

指出所得差热图谱中各个峰的起始温度，讨论各峰所对应的变化。

六、思考题

1. 装试样与参比物的两只坩埚如果放颠倒了，出来的图谱会怎样？

2. 试样的量过多有什么不好？

3. 升温速率对峰的形状有何影响？

七、讨论

1. 差热分析是一种动态的分析方法，实验条件对结果有很大的影响。原则上，应该尽量接近平衡条件。因此试样要尽量的少，升温速率要慢一点。

2. 本方法用于定量检测有时会存在较大的误差。这是由于试样与参比物之间往往存在着比热容、热导率、粒度、装填紧密程度等不同所造成的。故与 X 射线衍射、质谱、热重法等方法配合使用可确定物质的组成及结构，还可以进行反应动力学方面的研究。

3. 本实验试样 $CuSO_4 \cdot 5H_2O$ 的失水过程是：

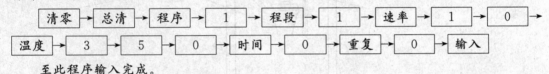

$$CuSO_4 \cdot 5H_2O \xrightarrow{102℃} CuSO_4 \cdot 3H_2O \xrightarrow{113℃} CuSO_4 \cdot H_2O \xrightarrow{258℃} CuSO_4$$

由此可看出，失去最后一个水分子显得特别困难，这一事实表明 $CuSO_4 \cdot 5H_2O$ 中结合力不完全相同。如与 X 射线仪配合测定可以得出该试样为斜方晶体，可写为 $[Cu(H_2O)_4]SO_4 \cdot H_2O$。加热过程先失去 Cu^{2+} 左边的二个非氢键水，然后失去右边的二个水分子，最后失去以氢键结合到 SO_4^{2-} 上的水分子，从结构上看出最后的一个水分子结合的最牢所以难以失去。

CRY-1 型差热分析仪简明操作指南

一、升温程序设置

如要以每分钟 10℃ 的速率将炉温升到 350℃ 进行加热，请打开主机电源，在最下层的操作面板上依次按如下键：

清零	→	总清	→	程序	→	1	→	程段	→	1	→	速率	→	1	→	0	→
温度	→	3	→	5	→	0	→	时间	→	0	→	重复	→	0	→	输入		

至此程序输入完成。

如果要启动程序升温，请按如下键：

程序	→	1	→	运行	→	显示

注意观察键盘左侧的绿色指示灯，开始逐个向上点亮，或者数码管的前 4 位的示数逐渐变大，则表示仪器开始工作。

二、装卸样品注意事项

1. 样品杆上有两个放铝坩埚的托架，左侧放硫酸铜，右侧放氧化铝。应控制好硫酸铜的用量，质量不要超过 8mg。

2. 用镊子取放小坩埚时要轻拿轻放，特别小心。不可把样品弄翻（样品翻入铂金碗内会造成仪器无法使用）；不可挤压碰撞放铝坩埚的托架（该托架实际是测温探头，价格昂贵，碰坏无法修）；镊子不要碰动炉中的陶瓷套管（移动套管会破坏炉子的加热线性）。

3. 实验做完后，小铝坩埚不要遗弃，可反复使用。

实验十七　燃烧热的测定

一、实验目的

1. 了解氧弹式量热计的原理、构造及使用方法，掌握热化学实验的一般知识。

2. 用氧弹式量热计测定蔗糖和萘的燃烧热。

3. 进一步加深对燃烧热的理解，明确恒压燃烧热与恒容燃烧热的区别。

二、实验原理

在一定温度下 1mol 物质 B 与氧气进行完全燃烧反应生成规定的燃烧产物时的反应热称为物质 B 的燃烧热。通常对完全燃烧产物的规定是：C 燃烧成 $CO_2(g)$，H 燃烧成 $H_2O(l)$，N 燃烧成 $N_2(g)$，S 燃烧成 $SO_2(g)$，Cl 燃烧成 HCl(aq)。

燃烧热的测定是在量热计中进行。量热计分为氧弹式（定容）和火焰式（定压）两类，氧弹式量热计适用于测定固态和液态物质的燃烧热，其所测燃烧热为恒容燃烧热 Q_V；火焰式量热计适用于测定气态或挥发性液态物质的燃烧热，其所测燃烧热为恒压燃烧热 Q_p。根据热力学第一定律，在非体积功 $W' = 0$ 时，$Q_V = \Delta U$，$Q_p = \Delta H$。若反应物及产物中的气态物质均可看作理想气体，则有：$\Delta_r H_m = \Delta_r U_m + \{\sum V_B(g)\}RT$，式中 $\sum V_B(g)$ 为燃烧反应中气态物质的化学计量系数之和，R 为通用气体常数，T 为反应温度。

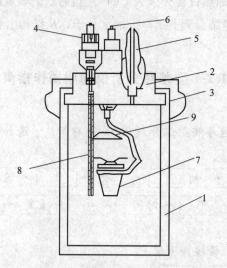

图 1　氧弹式量热计结构图

1—弹体圆筒；2—弹盖；3—垫圈；4—进气孔；5—放气孔；
6—电极引线座；7—燃烧杯；8—电极；9—火焰挡板

本实验采用氧弹式量热计（如图 1）测定物质的恒容燃烧热。将装有已知量的样品并充以高压纯氧的密闭氧弹放入盛有一定量水的筒形不锈钢容器中，然后点火使样品完全燃烧，其所放出的热量传给水及仪器，通过精密温度温差仪测定燃烧前后的温度变化。若筒形容器中所盛水量为 W 克（水的比热容为 $1cal \cdot g^{-1} \cdot {}^{\circ}\!C^{-1}$，故 W 在数值上与水当量相等），仪器的水当量为 W'（即温度每升高 1℃所需的热量，cal），燃烧前后的始末温度分别为 $T_{始}$ 和 $T_{终}$，氧弹内所装样品量为 m 克，摩尔质量为 M，则所测物质的摩尔燃烧热为：

$$Q_m = \frac{M}{m}(W + W')(T_{终} - T_{始})$$

注意，此公式中 Q_m 的单位为 cal。

通常选定苯甲酸 $C_6H_5COOH(s)$ 作为氧弹式量热计的标准物质，用以确定仪器的水当量 W'。即称取一定量的标准物质苯甲酸放入量热计中完全燃烧，测定其始末温度，由于标准物质苯甲酸的燃烧热已知（25℃时其比燃烧热为 $-26.434kJ/g$），因此根据上式即可求出仪器的水当量 W'。通常由于每次测定所用水量相同，便可将 W 和 W' 看作一个定值。

在实验中除了样品燃烧放热，还有金属丝燃烧放热，氧弹中残留的少量氮气生成硝酸的热效应等，它们均能使体系温度升高，另外还有热辐射导致的热散失，在精确的实验测定中，应对这些因素加以校正。金属丝燃烧所放的热量为 6695J/g（每克金属燃烧放热为 6695J），生成硝酸的热效应为 $5.983V$，其中 V 为滴定燃烧反应收集的硝酸溶液所耗用的 $0.1mol/L$ NaOH 溶液的毫升数。通常在量热计外夹套中充满自来水，且将内桶壁高度抛光。

三、仪器与试剂

精密温度温差测量仪 1 台，万用表，纯氧气，氧弹式量热计 1 套。

标准物质苯甲酸（A.R.），蔗糖（A.R.），萘（A.R.）。

四、实验步骤

1. 将待测样品充分烘干，否则点火后样品不易燃烧会导致实验失败。取长 15～18cm 的金属燃烧丝放在一根小细棒上绕成均匀的小线圈，然后将线圈取下放入一干燥过的燃烧杯中称量。将绕成线圈的燃烧丝放在下部，用模具套住线圈，称取 0.8～1.0g 左右已烘干的标准物质苯甲酸，放入模具中，加压使样品压成片状，注意勿使样品压得太紧或太松，太紧会压断燃烧丝且点火后样品不能燃烧，太松在后面充氧时，气流会将样品冲散。将压好的样品放在燃烧杯中称量，扣除燃烧丝质量即可得出苯甲酸样品的质量 m。

2. 将氧弹的弹头放在弹头架上，并把装有样品的燃烧杯放在燃烧杯架上，将燃烧丝的两端分别固定在氧弹头中的两根电极上，注意勿使金属丝与燃烧杯接触以防短路，用万用表检查两电极是否接通，若通路则将弹头放入弹杯中并用手拧紧，即可进行充气。使用高压氧气钢瓶充气时一定要注意安全，严格遵守操作规程。开始时可用扳手稍稍打开出气口，充入约 1.0MPa 的氧气将氧弹中的空气赶出，然后关闭出气口，充入 1.8MPa 左右的氧气。充气完毕后，再次用万用表检查两极是否通路，若不通，则需放气检查。将充好氧气的氧弹放入内筒。

3. 用量筒量取 3000mL 已调温的水（其温度比外筒水温低约 1℃）注入内筒，加入的具体水量应以水面刚好浸没氧弹为宜，若水量过多会浸没电极而引起短路或使样品受潮而不能燃烧。观察浸没的氧弹是否有气泡逸出，若有则说明氧弹未拧紧而漏气。将两电极插头插紧在两电极上，盖上筒盖，把温度温差测量仪测温探头插入内筒水中，注意勿使测温热电偶碰到氧弹。

4. 检查控制两上的开关，应将"振动、点火"开关拨在"振动"挡，旋转"点火电流"开关至最小。然后打开控制面板上的总电源，开启搅拌开关，约 3min 后，每隔半分钟读取水温一次，待水温基本有规律的缓慢上升一段时间后，将"振动、点火"开关拨至"点火"挡，旋转"点火电流"旋钮，逐步加大电流，若温度温差仪显示数值变化显著加快，则表明样品已经燃烧，若点火后显示数值没有明显的突变，则表明样品没有燃烧。将"振动、点火"开关拨至"振动"，"点火电流"旋钮旋转到最小。点火燃烧后，水温上升很快，每隔半分钟记录一次温度，待温度升到最高点后，再记录 10 次，停止实验。将温度温差仪测温探头取出放入外筒水中，拿出氧弹，一定要先用扳手打开出气口放氧弹中的大量气体，然后才可旋下氧弹盖，若氧弹中除了水蒸气外什么也没有，则表示燃烧完全，实验成功，若有许多黑色残渣，则表明燃烧不完全，实验不成功。倒掉内筒中的水，将氧弹和燃烧杯洗净并擦干待用。

称取 1.3g 左右蔗糖重复上述测定。

称取 0.6g 左右的萘重复上述测定。

五、实验记录与数据处理

按下表记录实验数据：

燃烧热的测定

	质量 m	$T_{始}$	$T_{终}$	ΔT
苯甲酸				
蔗糖				
萘				

苯甲酸、蔗糖及萘各样品在燃烧前后的温度差 ΔT 需用雷诺图（如图 2）加以确定。在雷诺校正图中，D 点相当于开始燃烧的点，C 点为观察到的最高温度，作相当于外筒环境水温的平衡线 T-O，与 T-t 曲线相交于 O 点，过 O 点作垂直线 AB，此线与 D_1D 线和 C_1C 线的延长线相交于 E、F 两点，则 E、F 两点间所对应的温度差即为样品燃烧前后的温度升高值 ΔT。

求算量热计的水当量并求出蔗糖和萘的燃烧热。（已知 25℃ 时苯甲酸的标准摩尔燃烧焓为 -3226.9 kJ/mol）

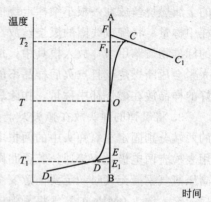

图 2　水温-时间曲线（雷诺校正图）

六、思考题

1. 指出本实验中哪些是体系，哪些是环境？

2. 在本实验中引起误差的主要因素是什么？在精确的测定中，应作哪些校正？

3. 为什么要调节加入内筒的水温使之比外筒的水温低？在后续的蔗糖和萘测定过程中，内筒水温是否仍然要调节？

实验十八　热重分析法测定 $CaC_2O_4 \cdot H_2O$ 热分解反应的动力学参数

一、实验目的

1. 掌握热重分析的基本原理和实验方法。

2. 了解热天平的主要构造和操作技术。

3. 初步掌握热重曲线（TG 曲线）、微商热重曲线（DTG 曲线）谱图的解析及应用。

4. 用热重分析法研究 $CaC_2O_4 \cdot H_2O$ 热分解过程，测定热分解反应的反应级数和活化能。

二、实验原理

热重法（thermogravimetry，TG）是研究物质在加热过程中所发生的物理或化学变化的一种较简便而又直观的研究方法，将试样按一定的速率加热，同时对试样连续称重，记录质量随温度变化的关系，由实验所得的质量变化及化学反应的计量关系可以推测和论证产物的组成及热分解反应的机理，并可以计算热分解反应的动力学参数。

热重法是在程序控温下，测量试样的质量变化与温度的关系。检测质量的变化最常用的办法就是用热天平，测量的原理有两种，可分为变位法和零位法。所谓变位法，是根据天平梁倾斜度与质量变化成比例的关系，用差动变压器等检知倾斜度，并自动记录。零位法是采用差动变压器法、光学法测定天平梁的倾斜度，然后调整安装在天平系统和磁场中线圈的电流，使线圈转动恢复天平梁的倾斜，即所谓零位法。由于线圈转动所施加的力与质量变化成比例，这个力又与线圈中的电流成比例，因此只需测量并记录电流的变化，便可得到质量变化的曲线。

热重分析仪的简单工作原理是：装有试样的加热炉在程序控温下工作。它是把程序发生器发生的控温信号与加热炉中控温热电偶产生的信号相比较，所得偏差信号经放大器放大，再经过 PID（比例、积分、微分）调节后，作用于可控硅触发线路以变更可控硅的导通角，从而改变加热电流，使偏差信号趋于零，以达到闭环自动控制的目的，使试验的温度严格地按给定速率线性升温或降温。试样质量变化，通过零位平衡原理的称重变换器，把与质量变化成正比的输出电流信号经称重放大器放大，再由记录仪或微处理机加以记录。热重天平中的温度补偿器是校温时用的；称量校正器是校正天平称量准确度用的；电调零为自动清零装置；电减码为如需要可人为扣除试样质量时用；微分器可对试样质量变化作微分处理，得到质量变化速率曲线。

由热重法记录的质量变化对温度的关系曲线称 TG 曲线。曲线的纵坐标为质量，横坐标为温度（或时间）。TG 曲线对时间坐标作一次微分计算得到的微分曲线称 DTG 曲线。

三、仪器与试剂

热重分析仪。

$CaC_2O_4 \cdot H_2O$（A. R.），Al_2O_3（A. R.），氮气。

四、实验步骤

在两个坩锅中分别紧密装填大约 $2\sim5mg$ $CaC_2O_4 \cdot H_2O$ 试样（A. R.）和 $2\sim5mg$ Al_2O_3 参比试样。按照仪器使用说明与操作规程测得 $CaC_2O_4 \cdot H_2O$ 试样从室温至 1000℃温度范围内的热重、微分热重曲线。然后在氮气气氛下重复进行一次测定。

注意事项：

热重曲线受很多因素的影响，影响 TG 曲线的主要因素有仪器因素（浮力、试样盘、挥发物的冷凝等）、实验条件（升温速率、气氛等）和试样的影响（试样质量、粒度等）。

1. 仪器因素

（1）浮力的影响

浮力变化是由于升温使样品周围的气体热膨胀从而相对密度下降，浮力减小，使样品表观增重。如：300℃时的浮力可降低到常温时的 1/2 左右，900℃时可降低到约 1/4。实用校正方法是做空白试验（空载热重实验），消除表观增重。

（2）试样盘的影响

试样盘的影响包括盘的大小形状和材料的性质等。盘的大小与试样用量有关。它主要影响热传导和热扩散。盘的形状与表面积有关。它影响着试样的挥发速率。因此，盘的结构对 TG 曲线的影响是一个不可忽视的因素，在测定动力学数据时更显得重要。通常采用的试样盘以轻巧的浅盘为好，可使试样在盘中摊成均匀的薄层，有利于热传导和热扩散。试样盘应是惰性材料制作的，要求耐高温，对试样、中间产物、最终产物和气氛都是惰性的，即不能有反应活性和催化活性。通常用的试样皿有铂金的、陶瓷、石英、玻璃、铝等。特别要注意，不同的样品要采用不同材质的试样皿，否则会损坏试样皿，如：碳酸钠会在高温时与石英、陶瓷中的 SiO_2 反应生成硅酸钠，所以像碳酸钠一类碱性样品，测试时不要用铝、石英、玻璃、陶瓷试样皿。铂金试样皿，对有加氢或脱氢的有机物有活性，也不适合作含磷、硫和卤素的聚合物样品，因此要加以选择。

（3）挥发物冷凝的影响

分解产物从样品中挥发出来，往往会在低温处再冷凝，这不仅污染仪器，而且使实验结果产生严重的偏差，如果冷凝在吊丝式试样皿上会造成测得失重结果偏低，而当温度进一步升高，冷凝物再次挥发会产生假失重，使 TG 曲线变形。解决的办法，一般采用加大气体的流速，使挥发物立即离开试样皿。

（4）温度测量上的误差

在热重分析仪中，由于热电偶不与试样接触，显然试样真实温度与测量温度之间是有差别的，另外，由升温和反应所产生的热效应往往使试样周围的温度分布紊乱，而引起较大的温度测量误差。

2. 实验条件的影响

（1）升温速率的影响

升温速率越大，所产生的热滞后现象越严重，往往导致热重曲线上的起始温度和终止温度偏高。在热重曲线中，中间产物的检测是与升温速率密切相关的，升温速率快往往不利于中间产物的检出，因为 TG 曲线上的拐点很不明显。

总之，升温速率对热分解的起始温度、终止温度和中间产物的检出都有着较大的影响，一般采用低的升温速率为宜，例如 2.5℃/min、5℃/min、10℃/min。需要指出的是，虽然分解温度随升温速率的变化而改变，但失重量是恒定的。

（2）气氛的影响

热重法通常可在静态气氛或动态气氛下进行测定。为了获得重复性好的实验结果，一般在严格控制的条件下采用动态气氛。气氛对 TG 曲线的影响与反应类型、分解产物的性质和所通气体的类型有关。由于气氛性质、纯度、流速等对热重曲线的影响较大，因此为了获得正确而重复性好的热重曲线，选择合适的气氛和流速是很重要的。

3. 试样的影响

试样对 TG 曲线的影响比较复杂，仅就试样用量和粒度的影响来讨论。

（1）试样用量

试样用量应在仪器灵敏度范围内尽量少，一般 2~5mg。一方面是因为仪器天平灵敏度很高（可达 $0.1\mu g$），另一方面，试样的吸热或放热反应会引起试样温度发生偏差，如果试样量多，传质阻力越大，试样内部温度梯度大，甚至试样产生热效应会使试样温度偏离线性程序升温，使 TG 曲线发生变化。

（2）试样粒度的影响

试样粒度同样对热传导、气体扩散有着较大的影响。例如粒度的不同会引起气体产物的扩散作用发生较大的变化，而这种变化可导致反应速率和 TG 曲线形状的改变，粒度越小反应速率越大，使 TG 曲线上的起始温度和终止温度降低，反应区间变窄；试样粒度大往往得不到较好的 TG 曲线，会使分解反应移向高温。

五、实验记录与数据处理

TG 曲线和 DTG 曲线如图 1 所示，对 TG 曲线和 DTG 曲线进行比较，并对其所表示的意义进行说明。

根据热重曲线上各平台之间的质量变化，可计算出试样各步的失重量。纵坐标通常表示质量的标度、总的失重百分数或分解函数。

第一步失重量为 $m_0 - m_1$，其失重百分数为：

$$\frac{m_0 - m_1}{m_0} \times 100\%$$

式中，m_0 为试样质量；m_1 为第一次失重后试样的质量。

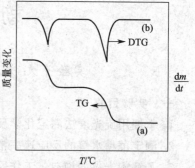

图 1　热重（TG）曲线（a）与微商热重（DTG）曲线（b）的比较

根据热重曲线上各步失重量可以简单地计算出各步的失重分数，从而判断试样的热分解机理和各步的分解产物。从热重曲线可看出热稳定性温度区，反应区，反应所产生的中间体和最终产物。该曲线也适合于化学量的计算。在热重曲线中，水平部分表示质量是恒定的，曲线斜率发生变化的部分表示质量的变化，因此从热重曲线可求算出微商热重曲线。

微商热重曲线（DTG 曲线）表示质量随时间的变化率（dm/dt），它是温度或时间的函数 $dm/dt = f$（T 或 t），DTG 曲线的峰顶 $d^2m/dt^2 = 0$，即失重速率的最大值，它与 TG 曲线的拐点相对应。DTG 曲线上的峰的数目和 TG 曲线的台阶数相等，峰面积与失重量成正比。因此，可从 DTG 的峰面积算出失重量。实验测定的 TG 和 DTG 曲线与实验条件，如加热速率、气氛、试样质量、试样纯度和试样粒度等密切相关。最主要的是精确测定 TG 曲线开始偏离水平时的温度即反应开始的温度。总之，TG 曲线的形状和正确的解释取决于恒定的实验条件。

DTG 曲线记录的是质量的变化率与温度（或时间）的函数关系，DTG 曲线是一个峰形曲线。图 1 是一般 TG 和 DTG 模式曲线的比较微商热重曲线的获得，在分析时有重要作用，它不仅能精确反映出样品的起始反应温度，达到最大反应速率的温度（峰值）以及反应终止的温度，而 TG 曲线很难做到；而且 DTG 曲线峰面积与样品对应的质量变化成正比，可精确的进行定量分析；又能够消除 TG 曲线存在整个变化过程各阶段变化互相衔接而不易分开的缺点，以 DTG 峰的最大值为界把热失重阶段分成两部分，区分各个反应阶段，这是 DTG 的最大可取之处；另外，如果把 DTG 和 DTA 的同一样品谱图进行比较，能判断出是质量变化引起的峰还是热量变化引起的峰，而 TG 做不到这一点。

通过热重分析 $CaC_2O_4 \cdot H_2O$ 热分解过程得到的 TG 曲线和 DTG 曲线，分析起始分解温度和终止分解温度以及最大失重速率时的分解温度，并计算分解反应的反应级数和活化能。

六、思考题

1. 讨论 $CaC_2O_4 \cdot H_2O$ 受热过程中发生变化的各个步骤。

2. 比较空气和氮气气氛的 $CaC_2O_4 \cdot H_2O$ 热分解曲线，说明空气对热分解反应的影响。

3. 用 Coats-Redfern 方法由 TG 曲线计算反应级数和活化能。

动力学性质的测定

实验十九　蔗糖水解反应速率常数的测定

一、实验目的

1. 掌握用旋光度法测定化学反应速率的原理。
2. 测定蔗糖水解的反应速率常数。
3. 了解旋光仪的构造、工作原理，掌握旋光仪的使用方法。
4. 掌握图解法求反应速率常数。

二、实验原理

蔗糖转化反应为：

$$C_{12}H_{22}O_{11}+H_2O \longrightarrow C_6H_{12}O_6+C_6H_{12}O_6$$
$$\text{蔗糖} \qquad\qquad\qquad \text{葡萄糖} \qquad \text{果糖}$$

为使水解反应加速，常以酸为催化剂，故反应在酸性介质中进行。在一定的温度下，当 H^+ 浓度一定时，该反应在某时刻 t 的反应速率与蔗糖溶液及水的浓度的一次方成正比，故应为二级反应。由于反应中水是大量存在的，尽管有部分水分子参加了反应，但仍可近似地认为整个反应中水的浓度是恒定的。而 H^+ 是催化剂，其浓度也保持不变。因此，蔗糖转化反应可视为一级反应。其动力学方程为：

$$-\frac{dc}{dt}=kc \tag{1}$$

式中，k 为反应速率常数；c 为时间 t 时的反应物浓度。

将（1）式积分得：

$$\ln c=-kt+\ln c_0 \tag{2}$$

式中，c_0 为反应物的初始浓度。

当 $c=c_0/2$ 时，t 可用 $t_{1/2}$ 表示，即为反应的半衰期。由（2）式可得：

$$t_{1/2}=\frac{\ln 2}{k}=\frac{0.693}{k} \tag{3}$$

如果测得反应过程中不同时刻对应的蔗糖浓度，代入上式就可以求出蔗糖水解反应的反应速率常数 k 及反应的半衰期 $t_{1/2}$。因为使用化学方法作这样的测定在实验上是很困难的（要让反应迅速停止取样分析，浓度与取样的时间很难避免误差），所以通常选择物理方法。所谓物理方法是指利用反应体系中某一物理性质（如电导率、折射率、旋光度、吸收光谱、体积、压力等）与反应物浓度有直接关系时，通过测量该物理性质的变化就可以相应知道反应物浓度的改变。不过对物理性质有以下要求：

1. 该物理性质与反应物的浓度要有简单的线性关系，最好是成正比关系；
2. 该物理性质具有加和性即体系的性质等于各组分性质之和；
3. 该物理性质在反应过程中要有明显的变化；
4. 不能有干扰因素。

此法的最大优点就是不必从反应体系中取样，可以在反应过程中直接进行测定，而且可以连续地进行分析，简便迅速。更可以将物理性质变成电信号自动记录。但要注意，如果反应体系中有副反应或少量杂质对所测量的物理性质影响较灵敏时，将会引入较大的误差。

蔗糖及其水解产物葡萄糖、果糖均具有旋光性质，但它们的旋光能力不同并且相差较大，故可以利用体系在反应过程中旋光度的变化来衡量反应的进程。溶液的旋光度与溶液中所含旋光物质的种类、浓度、溶剂的性质、光线透过被测物质液层的厚度、光源波长及温度等因素有关。

为了比较各种物质的旋光能力，引入比旋光度的概念。比旋光度可用下式表示：

$$[\alpha]_D^t = \frac{\alpha}{lc} \tag{4}$$

式中，t 为实验温度，℃；D 为光源波长；α 为旋光度；l 为液层厚度，m；c 为浓度，$kg \cdot m^{-3}$。

由（4）式可知，当其他条件不变时，旋光度 α 与浓度 c 成正比。即：

$$\alpha = Kc \tag{5}$$

式中的 K 是一个与物质旋光能力、液层厚度、溶剂性质、光源波长、温度等因素有关的常数。

在蔗糖的水解反应中，反应物蔗糖是右旋性物质，其比旋光度 $[\alpha]_D^{20} = 66.6°$，表示 20℃下用钠灯黄光（D 线，波长为 589.3nm）由旋光仪测得的旋光度。产物中葡萄糖也是右旋性物质，其比旋光度 $[\alpha]_D^{20} = 52.5°$；而产物中的果糖则是左旋性物质，其比旋光度 $[\alpha]_D^{20} = -91.9°$。

因此，反应开始时，溶液呈右旋，随着水解反应的进行，蔗糖的含量逐渐减少，葡萄糖及果糖的含量逐渐增加，而果糖的左旋性大于葡萄糖的右旋性，故溶液的旋光度不断减小。溶液由右旋逐渐变到零再变到左旋。彻底水解时，体系的旋光度达到最小值。因而，旋光度减小的速度可以反映蔗糖水解反应的速率。

旋光度与浓度成正比，并且在稀溶液范围内，两种或两种以上旋光物质的混合溶液的旋光度等于各旋光物质旋光度的代数和。若反应时间为 0、t、∞ 时溶液的旋光度分别用 α_0、α_t、α_∞ 表示，则：

$$\alpha_0 = K_{反} \, c_0 \quad （表示蔗糖未转化） \tag{6}$$

$$\alpha_\infty = K_{生} \, c_0 \quad （表示蔗糖已完全转化） \tag{7}$$

（6）式、（7）式中的 $K_{反}$ 和 $K_{生}$ 分别为对应反应物与产物之比例常数。

$$\alpha_t = K_{反} \, c + K_{生} (c_0 - c) \tag{8}$$

由（6）式、（7）式、（8）式三式联立可以解得：

$$c_0 = \frac{\alpha_0 - \alpha_\infty}{K_{反} - K_{生}} = K'(\alpha_0 - \alpha_\infty) \tag{9}$$

$$c = \frac{\alpha_t - \alpha_\infty}{K_{反} - K_{生}} = K'(\alpha_t - \alpha_\infty) \tag{10}$$

将（9）式、（10）式代入（2）式即得：

$$\ln(\alpha_t - \alpha_\infty) = -kt + \ln(\alpha_0 - \alpha_\infty) \tag{11}$$

由（11）式可见，以 $\ln(\alpha_t - \alpha_\infty)$ 对 t 作图为一直线，由该直线的斜率即可求得反应

速率常数 k，进而可求得半衰期 $t_{1/2}$。

如果测出另外一个温度下的反应速率常数 k，根据阿累尼乌斯公式 $\ln \dfrac{k_2}{k_1} = \dfrac{E_a(T_2 - T_1)}{RT_1 T_2}$，可求出蔗糖转化反应的活化能 E_a。

三、仪器和试剂

WZZ-2 型自动数显旋光仪 1 台，锥形瓶（150ml）2 只，移液管（25mL），秒表 1 只，恒温水浴 1 台（公用）。

盐酸（3mol·L^{-1}），蔗糖水溶液（约 0.6mol·L^{-1}）。

四、实验步骤

1. 旋光仪零点的校正。打开电源开关，这时钠光灯亮，预热 5min 使发光稳定。洗净旋光管，将管子一端的盖子旋紧，向管内注入蒸馏水，把玻璃片盖好，使管内无气泡（或小气泡）存在，再旋紧套盖，勿使漏水。用吸水纸擦净旋光管，再用擦镜纸将管两端的玻璃片擦净。将装有蒸馏水的旋光管放入样品室，记住旋光管安放的方向，盖上箱盖，打开测量开关，待示数稳定后，按"清零"按钮，校正旋光仪零点（旋光管中若有小气泡，应将其调到凸颈处。管帽不宜旋得太紧，以免产生应力影响读数）。

2. 用移液管向两只洗净、干燥的锥形瓶中注入蔗糖溶液及 HCl 溶液 25mL，然后将两瓶中的溶液混合（应先把 HCl 溶液加入蔗糖溶液中，约加入一半时，开始记时，作为反应的起始时间。并小心地来回倾倒数次，使之充分混合）。

3. 用少量混合液淋洗旋光管三次，然后将混合液装入旋光管、注满（操作同装蒸馏水相同）。勿使管内存有气泡，轻轻地旋紧管帽，检查是否漏液。擦干旋光管两端玻片及管身外部（以免酸液腐蚀仪器）。将装有剩余混合液的锥形瓶放入 50℃ 的恒温水浴（盖好瓶盖，避免溶液蒸发影响浓度。在这个温度下，2h 后彻底水解）。

4. 蔗糖水解过程中 α_t 的测定。将装有混合液的旋光管放入旋光仪的样品室（注意与第一步的安放同一方向），盖上箱盖。每隔一定时间，读取一次旋光度，开始时，可每 3min 读一次，30min 后，每 5min 读一次，测定 1.5h（混合初始时，水解速度极快，若立即测定易引入误差）。

5. α_∞ 的测定。取出恒温水浴的混合液，待其冷却后，按上述操作，测定其旋光度，此值即为 α_∞。

6. 实验结束后应立即将旋光管洗净擦干。

注意事项：

1. 装样品时，旋光管管盖旋至不漏液体即可，不要用力过猛，以免压碎玻璃片。玻璃受力造成的应力对旋光度有影响。

2. 在测定 α_∞ 时，通过加热使反应速度加快转化完全。但加热温度不要超过 60℃，加热过程要防止水的挥发致使溶液浓度变化。

3. 由于酸对仪器有腐蚀，操作时应特别注意，避免酸液滴漏到仪器上。实验结束后必须将旋光管洗净。

五、实验记录与数据处理

1. 设计实验数据表，记录温度、盐酸浓度、α_t、α_∞ 等数据，计算不同时刻时 $\alpha_t - \alpha_\infty$

和 $\ln(\alpha_t - \alpha_\infty)$。

2. 以 $\ln(\alpha_t - \alpha_\infty)$ 对 t 作图，由所得直线的斜率求出反应速率常数 k。

3. 计算蔗糖转化反应的半衰期 $t_{1/2}$。

六、思考题

1. 蔗糖水解的速率和哪些因素有关？

2. 恒温水浴的温度为什么不要超过 60℃？

3. 试分析本实验误差来源，怎样减少实验误差？

4. 物理方法测量反应速率有何优点，其应用条件是什么？

5. 蔗糖浓度是否要准确配制？为什么？

6. 若要测定蔗糖水解反应的活化能应如何做？

实验二十　乙酸乙酯皂化反应速率常数的测定

一、目的要求

1. 掌握用电导法测定化学反应速率的原理。

2. 用电导率仪测定乙酸乙酯皂化反应进程中的电导率。

3. 学会用图解法求二级反应的速率常数。

4. 学会使用电导率仪和恒温水浴。

二、实验原理

乙酸乙酯与碱的反应称为皂化反应，它是一个典型的二级反应，其反应方程式为：

$$CH_3COOC_2H_5 + NaOH \longrightarrow CH_3COONa + C_2H_5OH$$

$t=0$	c_0	c_0	0	0
$t=t$	c_0-c_x	c_0-c_x	c_x	c_x
$t=\infty$	0	0	c_0	c_0

c_0 为乙酸乙酯与氢氧化钠溶液的起始浓度；c_x 为时间 t 时反应物消耗掉的浓度，则反应速率表示为：

$$\frac{\mathrm{d}c_x}{\mathrm{d}t} = k(c_0-c_x)^2 \tag{1}$$

式中，k 为反应速率常数。将上式积分得：

$$\frac{c_x}{c_0(c_0-c_x)} = kt \tag{2}$$

起始浓度 c_0 为已知，因此只要由实验测得不同时间 t 时的 c_x 值，以 $\dfrac{c_x}{c_0-c_x}$ 对 t 作图，若所得为一直线，证明是二级反应，并可以从直线的斜率求出 k 值。

乙酸乙酯皂化反应中，参加导电的离子有 OH^-、Na^+ 和 CH_3COO^-。由于反应体系是很稀的水溶液，可认为 CH_3COONa 是全部电离的。因此，反应前后 Na^+ 的浓度不变。随着反应的进行，仅仅是导电能力很强的 OH^- 逐渐被导电能力弱的 CH_3COO^- 所取代，致使溶液的电导逐渐减小（溶剂水、乙酸乙酯及乙醇的导电能力都很弱，可忽略不计）。因此，可用电导率仪测量皂化反应进程中电导率随时间的变化，从而达到跟踪反应物浓度随时间变化的目的。

令 G_0 为 $t=0$ 时溶液的电导，G_t 为时间 t 时混合溶液的电导，G_∞ 为 $t=\infty$（反应完毕）时溶液的电导。则稀溶液中，电导值的减少量与 CH_3COO^- 浓度成正比，设 K 为比例常数，则

$$t=t \text{ 时，} c_x=c_x, \quad c_x=K(G_0-G_t)$$
$$t=\infty \text{ 时，} c_x=c_0, \quad c_0=K(G_0-G_\infty)$$

由此可得：

$$c_0-c_x=K(G_t-G_\infty)$$

所以 c_0-c_x 和 c_x 可以用溶液相应的电导率表示，将其代入（2）式得：

$$\frac{1}{a}\frac{G_0-G_t}{G_t-G_\infty}=kt$$

将上式改写成：

$$G_t=\frac{1}{ak}\cdot\frac{G_0-G_t}{t}+G_\infty \tag{3}$$

因此，只要测不同时间溶液的电导值 G_t 和起始溶液的电导值 G_0，然后以 G_t 对 $(G_0-G_t)/t$ 作图应得一直线，直线的斜率为 $1/(ak)$，由此便求出某温度下的反应速率常数 k 值。将电导与电导率 κ 的关系式 $G=\kappa A/l$ 代入（3）式得：

$$\kappa_t=\frac{1}{c_0 k}\cdot\frac{\kappa_0-\kappa_t}{t}+\kappa_\infty \tag{4}$$

通过实验测定不同时间溶液的电导率 κ_t 和起始溶液的电导率 κ_0，以 κ_t 对 $(\kappa_0-\kappa_t)/t$ 作图，也得一直线，从直线的斜率也可求出反应速率数 k 值。

如果测出另外一个温度下的反应速率常数 k，根据阿累尼乌斯公式 $\ln\frac{k_2}{k_1}=\frac{E_a(T_2-T_1)}{RT_1 T_2}$，可求出该反应的活化能 E_a。

三、仪器与试剂

DDS-11A 型电导率仪 1 台，电导池 1 只（150mL 锥形瓶），恒温水浴 1 套，停表 1 支，移液管（50mL）1 支，容量瓶（100mL）1 只，微量注射器（100μL）1 支。

NaOH（0.0100mol·L^{-1}），乙酸乙酯（A. R.），电导水。

四、实验步骤

1. 调节恒温槽，将恒温槽的温度调至（25.0$\pm$0.1）℃ [或（30.0$\pm$0.1）℃]。

2. 开启并调节电导率仪备用。

3. 溶液起始电导率 κ_0 的测定：用移液管移取 NaOH 溶液（0.0100mol·L^{-1}）100mL（含 NaOH 0.001mol）于电导池内，将电导池放入恒温槽内恒温约 15min，并轻轻摇动数次，使温度均匀后，然后将电极插入溶液（盖过电极上沿并超出约 1cm），测定溶液电导率，直至不变为止，此数值即为 κ_0。

4. 反应时电导率 κ_t 的测定：用微量注射器汲取 0.001mol 的乙酸乙酯（25℃时为 98.54μL），迅速注入已恒温的电导池内，同时按秒表记时，作为反应的开始时间，并立即摇荡使溶液混合均匀。测定溶液的电导率 κ_t，在 5min、7min、9min、12min、15min、20min、25min、30min、35min、40min 各测电导率一次，记下 k_t 和对应的时间 t。

实验结束后，关闭电源，取出电极，用电导水洗净并置于电导水中保存待用。

不同温度下乙酸乙酯的用量可以通过密度与摩尔质量计算。乙酸乙酯的密度 ρ 可表示为：$\rho/(kg \cdot m^{-3}) = 924.54 - 1.168 \times (t/℃) - 1.95 \times 10^{-3} \times (t/℃)2$，乙酸乙酯的摩尔质量为 $88.11 kg \cdot mol^{-1}$。

注意事项：

1. 本实验需用电导水，并避免接触空气及灰尘杂质落入。

2. 配好的 NaOH 溶液要防止空气中 CO_2 的进入。

3. 在取用乙酸乙酯时动作要迅速，以减少挥发损失。

五、实验记录与数据处理

1. 将 t，κ_t，$(\kappa_0 - \kappa_t)/t$ 数据列表。

2. 以 κ_t 对 $(\kappa_0 - \kappa_t)/t$ 作图，得一直线，由直线的斜率计算实验温度下的速率常数 k。

3. 由反应速率常数 k 及初始浓度 c_0 求算该反应的半衰期。

六、思考题

1. 如何测定 κ_∞ 值？

2. 欲得此反应的活化能应如何做？

3. 本实验要严格控温，除因反应速率与温度有关外，还有什么原因？

4. 反应起始时间必须是绝对时间吗？为什么？

5. 本实验是根据哪种离子随反应进程电导率变化减小而设计的？

6. 如果两种反应物起始浓度不相等，试问应怎样计算 k 值？

7. 如果 NaOH 和乙酸乙酯溶液为浓溶液时，能否用此法求 k 值，为什么？

8. 欲得此反应的活化能，应如何做？

实验二十一　丙酮碘化反应速率常数的测定

一、实验目的

1. 掌握用孤立法确定反应级数的方法。

2. 测定用酸作催化剂时丙酮碘化反应的速率常数及活化能。

3. 加深对复杂反应特征的理解，认识复杂反应机理，了解复杂反应表观速率常数的求算方法。

二、实验原理

丙酮碘化反应表示为：

$$CH_3-\overset{\overset{O}{\|}}{\underset{A}{C}}-CH_3 + I_2 \overset{H^+}{\rlap{=\!=}} CH_3-\overset{\overset{O}{\|}}{\underset{E}{C}}-CH_2I + I^- + H^+$$

该反应按以下两步进行的：

$$CH_3-\overset{\overset{O}{\|}}{\underset{A}{C}}-CH_3 \rlap{=\!=} CH_3-\overset{\overset{OH}{|}}{\underset{B}{C}}=CH_2 \qquad\qquad (1)$$

$$CH_3-\overset{\overset{OH}{|}}{\underset{B}{C}}=CH_2 + I_2 \longrightarrow CH_3-\overset{\overset{O}{\|}}{\underset{E}{C}}-CH_2I + I^- + H^+ \qquad\qquad (2)$$

反应（1）是丙酮的烯醇化反应，它是一个很慢的可逆反应，反应（2）是烯醇的碘化反应，它是一个快速且趋于进行到底的反应。因此，丙酮碘化反应的总速率由丙酮烯醇化反应的速率决定，丙酮烯醇化反应的速率取决于丙酮及氢离子的浓度，如果以碘化丙酮浓度的增加来表示丙酮碘化反应的速率，则此反应的动力学方程式可表示为：

$$\frac{dc_E}{dt} = kc_A c_{H^+} \tag{3}$$

式中，c_E 为碘化丙酮的浓度；c_{H^+} 为氢离子的浓度；c_A 为丙酮的浓度；k 表示丙酮碘化反应总的速率常数。

由反应（2）可知：

$$\frac{dc_E}{dt} = -\frac{dc_{I_2}}{dt} \tag{4}$$

因此，如果测得反应过程中各时刻碘的浓度，就可以求出 dc_E/dt。由于碘在可见光区有一个比较宽的吸收带，所以可利用分光光度计来测定丙酮碘化反应过程中碘的浓度，从而求出反应的速率常数。若在反应过程中，丙酮的浓度远大于碘的浓度且催化剂酸的浓度也足够大时，则可把丙酮和酸的浓度看作不变，把（3）式代入（4）式积分得：

$$c_{I_2} = -kc_A c_{H^+} t + B \tag{5}$$

按照朗伯-比耳（Lambert-Beer）定律，某指定波长的光通过碘溶液后的光强为 I，通过蒸馏水后的光强为 I_0，则透光率可表示为：

$$T = I/I_0 \tag{6}$$

并且透光率与碘的浓度之间的关系可表示为：

$$\lg T = -\varepsilon d c_{I_2} \tag{7}$$

式中，T 为透光率；d 为比色槽的光径长度；ε 是取以 10 为底的对数时的摩尔吸收系数。将（5）式代入（7）式得：

$$\lg T = k\varepsilon d c_A c_{H^+} t + B \tag{8}$$

由 $\lg T$ 对 t 作图可得一直线，直线的斜率为 $k\varepsilon d c_A c_{H^+}$。式中 εd 可通过测定一已知浓度的碘溶液的透光率，由（7）式求得，当 c_A 与 c_{H^+} 浓度已知时，只要测出不同时刻丙酮、酸、碘的混合液对指定波长的透光率，就可以利用（8）式求出反应的总速率常数 k。

由两个或两个以上温度的速率常数，就可以根据阿累尼乌斯（Arrhenius）关系式计算反应的活化能。

$$E_a = \frac{RT_1 T_2}{T_2 - T_1} \ln \frac{k_2}{k_1} \tag{9}$$

为了验证上述反应机理，可以进行反应级数的测定。根据总反应方程式，可建立如下关系式：

$$V = \frac{dc_E}{dt} = kC_A^\alpha C_{H^+}^\beta C_{I_2}^\gamma$$

式中，α，β，γ 分别表示丙酮、氢离子和碘的反应级数。若保持氢离子和碘的起始浓度不变，只改变丙酮的起始浓度，分别测定在同一温度下的反应速率，则：

$$\frac{V_2}{V_1} = \left(\frac{c_A(2)}{c_A(1)}\right)^\alpha \qquad \alpha = \lg \frac{V_2}{V_1} \div \lg \left(\frac{c_A(2)}{c_A(1)}\right) \tag{10}$$

同理可求出 β，γ

$$\beta = \lg\left(\frac{V_3}{V_1}\right) \div \lg\left(\frac{c_{H^+}(2)}{c_{H^+}(1)}\right) \qquad \gamma = \lg\left(\frac{V_4}{V_1}\right) \div \lg\left(\frac{c_A(2)}{c_A(1)}\right) \tag{11}$$

三、仪器与试剂

分光光度计 1 套，容量瓶（50mL），4 只，超级恒温槽 1 台，带有恒温夹层的比色皿 1 个，移液管（10mL）3 支，停表 1 块。

碘溶液（含 4%KI，0.03mol·L^{-1}），HCl（1.0000mol·L^{-1}），丙酮（2mol·L^{-1}）。

四、实验步骤

1. 实验准备

（1）恒温槽恒温（25.0±0.1）℃或（30.0±0.1）℃。

（2）打开 722 分光光度计的开关，预热 10min。

（3）取四个洁净的 50mL 容量瓶，第一个装满蒸馏水；第二个用移液管移入 5mL I$_2$ 溶液，用蒸馏水稀释至刻度；第三个用移液管移入 5mL I$_2$ 溶液和 5mL HCl 溶液；第四个先加入少许蒸馏水，再加入 5mL 丙酮溶液。然后将四个容量瓶放在恒温槽中恒温备用。

2. 透光率 100% 的校正

分光光度计波长调在 565nm；狭缝宽度 2nm（或 1nm）；控制面板上工作状态调在透光率档。比色皿中装满蒸馏水，在光路中放好。恒温 10min 后调节蒸馏水的透光率为 100%。

3. 测量 εd 值

取恒温好的碘溶液注入恒温比色皿，在（25.0±0.1）℃时，置于光路中，测其透光率。

4. 测定丙酮碘化反应的速率常数

将恒温的丙酮溶液倒入盛有酸和碘混合液的容量瓶中，用恒温好的蒸馏水洗涤盛有丙酮的容量瓶 3 次。洗涤液均倒入盛有混合液的容量瓶中，最后用蒸馏水稀释至刻度，混合均匀，倒入比色皿少许，洗涤三次倾出。然后再装满比色皿，用擦镜纸擦去残液，置于光路中，测定透光率，并同时开启停表。以后每隔 2min 读一次透光率，直到光点指在透光率 100% 为止。

5. 测定各反应物的反应级数

各反应物的用量如下：

编号	2mol·L^{-1}丙酮溶液	1mol·L^{-1}盐酸溶液	0.03mol·L^{-1}碘溶液
1	10mL	5mL	5mL
2	5mL	10mL	5mL
3	5mL	5mL	2.5mL

测定方法同步骤 3，温度仍为（25.0±0.1）℃或（30.0±0.1）℃。

6. 将恒温槽的温度升高到（35.0±0.1）℃，重复上述操作 1.（3）、2、3、4，但测定时间应相应缩短，可改为 2min 记录一次。

注意事项：

1. 温度影响反应速率常数，实验时体系始终要恒温。

2. 混合反应溶液时操作必须迅速准确。

3. 比色皿的位置要放好，不得变化。

五、实验记录与数据处理

1. 将所测实验数据列表。

2. 将 $\lg T$ 对时间 t 作图，得一直线，从直线的斜率，可求出反应的速率常数。

3. 利用 25.0℃及 35.0℃时的 k 值求丙酮碘化反应的活化能。

4. 反应级数的求算：由实验步骤 4、5 中测得的数据，分别以 $\ln T$ 对 t 作图，得到四条直线。求出各直线斜率，即为不同起始浓度时的反应速率，代入（10）式、（11）式可求出 α，β，γ。

六、思考题

1. 实验时用分光光度计测量什么物理量？它和碘浓度有什么关系？

2. 丙酮碘化实验中，从反应液混合到注入比色皿测量，有一段相当长的时间，它对测量结果有无影响？为什么？

3. 影响本实验结果的主要因素是什么？

4. 起控制作用的是什么反应？反应速度与什么因素有关？

5. 所选入射光的波长是多少？为什么要固定入射光的波长？

6. 溶液的透光率如何变化？为什么？

电化学性质的测定

实验二十二　原电池电动势的测定

一、实验目的

1. 掌握对消法测定电池电动势的原理以及电位差计的使用。

2. 通过实验加深对可逆电池、可逆电极概念的理解。

3. 学会制备一些电极和盐桥的方法。

4. 了解可逆电池电动势的应用。

二、实验原理

原电池是由两个"半电池"组成的，每一个半电池中含有一个电极和相应的电解质溶液。在电池反应过程中正极上发生还原反应，负极上发生氧化反应，电池反应是这两个电极反应的总和，其电动势为组成该电池的两个"半电池"的电极电势的代数和。若已知一个"半电池"的电极电势，通过测量该电池的电动势就可计算出另一个"半电池"的电极电势。所谓电极电势是指金属电极与接触溶液之间的电势差，其绝对值目前还无法从实验上进行测定，因此，在电化学中，电极电势是以某一电极为标准而求出其他电极的相对值。现在国际上采用的标准电极是标准氢电极，即在 $\alpha_{H^+}=1$，$p_{H_2}=101325Pa$ 时被氢气所饱和的铂电极，其电极电势规定为 0。由于氢电极的使用条件比较苛刻，所以常把具有稳定电势的电极如甘汞电极、银-氯化银电极等作为第二类参比电极。

通过对电池电动势的测量可以计算电解质的平均活度系数、难溶盐的活度积、溶液的 pH 值等物理化学参数以及某些反应的 ΔH、ΔS、ΔG 等热力学函数。在用测量电动势的方法求以上数据时，必须是能够设计出一个可逆电池，该电池所进行的反应应该是所求的化学反应。

例如用电动势法求 AgCl 的 K_{sp}，则需要设计成的电池为：

$$\text{Ag-AgCl(s)} | \text{KCl}(b_1) \| \text{AgNO}_3(b_2) | \text{Ag}$$

该电池的电极反应为

负极：$\text{Ag(s)} + \text{Cl}^-(b_1) \longrightarrow \text{AgCl(s)} + \text{e}^-$

正极：$\text{Ag}^+(b_2) + \text{e}^- \longrightarrow \text{Ag(s)}$

电池总反应：$\text{Ag}^+(b_2) + \text{Cl}^-(b_1) \longrightarrow \text{AgCl(s)}$

电池电动势 $E = E_{右} - E_{左}$

$$= \left[E^{\ominus}(\text{Ag}^+ | \text{Ag}) + \frac{RT}{F} \ln a(\text{Ag}^+) \right] -$$

$$\left[E^{\ominus}(\text{Cl}^- | \text{AgCl(s)} | \text{Ag}) + \frac{RT}{F} \ln \frac{1}{a(\text{Cl}^-)} \right]$$

$$= E^{\ominus} - \frac{RT}{F} \ln \frac{1}{a(\text{Ag}^+) \cdot a(\text{Cl}^-)} \tag{1}$$

$$\Delta G^{\ominus} = -zFE^{\ominus} = -RT \ln \frac{1}{K_{sp}}$$

F 为法拉第常数；z 是电池反应中得失电子的数目，该反应 $z=1$。

$$E^{\ominus} = \frac{RT}{F} \ln \frac{1}{K_{sp}} \tag{2}$$

$$E = \frac{RT}{F} \ln \frac{1}{K_{sp}} - \frac{RT}{F} \ln \frac{1}{a(\text{Ag}^+) \cdot a(\text{Cl}^-)}$$

$$= \frac{RT}{F} \ln \frac{a(\text{Ag}^+) \cdot a(\text{Cl}^-)}{K_{sp}}$$

$$\lg K_{sp} = \lg[\gamma_{\pm}(\text{Ag}^+) \cdot b(\text{Ag}^+)/b^{\ominus}] + \lg[\gamma_{\pm}(\text{Cl}^-) \cdot b(\text{Cl}^-)/b^{\ominus}] - \frac{FE}{2.303RT} \tag{3}$$

式中，$\gamma_{\pm}(\text{Ag}^+)$ 为 AgNO_3 溶液的平均活度系数；$\gamma_{\pm}(\text{Cl}^-)$ 为 KCl 溶液的平均活度系数。

因此，只要测得该电池的电动势就可通过式(3)求得 AgCl 的 K_{sp}。

又如将待测 pH 值的溶液以醌氢醌饱和制得醌氢醌电极与甘汞电极组成如下原电池：

$$\text{Hg(l)} | \text{Hg}_2\text{Cl}_2\text{(s)} | \text{饱和 KCl 溶液} \| \text{H}^+, \text{醌，氢醌} | \text{Pt}$$

测定该电池的电动势 E，可计算待测溶液的 pH 值。

醌氢醌是等分子比的醌（$C_6H_4O_2$，以 Q 表示）和氢醌 [$C_6H_4(\text{OH})_2$，以 H_2Q 表示] 的复合物，用作正极时，电极反应如下：

$$C_6H_4O_2 + 2H^+ + 2e^- \Longleftrightarrow C_6H_4(\text{OH})_2$$

其电极电势为：

$$E(\text{Q} | \text{H}_2\text{Q}) = E^{\ominus}(\text{Q} | \text{H}_2\text{O}) - \frac{RT}{2F} \ln \frac{a(\text{H}_2\text{O})}{a(\text{Q}) \cdot a^2(\text{H}^+)}$$

在水溶液中，氢醌的电离度很小，因此醌和氢醌的活度可以认为相等。

故得：

$$E(\text{Q} | \text{H}_2\text{Q}) = E^{\ominus}(\text{Q} | \text{H}_2\text{O}) - \frac{2.303RT}{F} \text{pH}$$

$$E = E_右 - E_左 = E^\ominus(Q \mid H_2O) - \frac{2.303RT}{F} pH - E_{甘汞}$$

$$pH = \frac{E^\ominus(Q \mid H_2O) - E_{甘汞} - E}{2.303RT/F}$$

将测得的电动势代入上式,即可计算出待测溶液的 pH 值。

三、仪器与试剂

UJ-25 型电位差计(或 SDC 数字电位差综合测试仪)1 台,直流辐射式检流计 1 台,标准电池 1 只,直流稳压电源 1 台,银电极,银-氯化银电极,饱和甘汞电极,盐桥,镀铜装置,铜电极(自制),盐桥玻璃管。

镀铜液,盐桥液,硝酸银溶液,未知 pH 溶液,醌氢醌。

四、实验步骤

本实验测定以下三个电池的电动势:

Hg(l) | Hg$_2$Cl$_2$(s) | 饱和 KCl 溶液 ‖ CuSO$_4$(b) | Cu

Hg(l) | Hg$_2$Cl$_2$(s) | 饱和 KCl 溶液 ‖ H$^+$,醌,氢醌 | Pt

Ag-AgCl | KCl(0.1000 mol·kg^{-1}) ‖ AgNO$_3$(0.1000 mol·kg^{-1}) | Ag

1. 电极的制备

(1) 铜电极

铜电极在使用前需要进行处理,将铜电极放入浓度大约为 6 mol·L^{-1} 的稀硝酸内浸洗,取出后用蒸馏水冲淋干净,然后用铜电极作阴极,铜棒作阳极,在镀铜溶液内进行电镀,其装置如图 1 所示。

电流密度控制在 20 mA·cm^{-2} 左右,电镀大约 15 min,使其表面上有一紧密的镀层,电镀后,将铜电极取出,用蒸馏水淋洗,插入电极管内。

(2) 醌氢醌电极

将少量醌氢醌固体加入待测的未知溶液中,搅拌使其成为饱和溶液,再插入干净的铂电极。

(3) 银电极和 Ag-AgCl 电极的制备

银电极的制备:将欲镀银电极两只用细砂纸轻轻打磨至露出新鲜的金属光泽,再用蒸馏水洗净。将欲用的两只 Pt 电极浸入稀硝酸溶液片刻,取出用蒸馏水洗净。将洗净的电

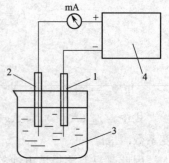

图 1　制备铜电极的电镀装置
1—铜电极;2—铜棒;3—镀铜溶液;4—直流电源

极分别插入盛有镀银液(镀液组成为 100 mL 水中加 1.5 g 硝酸银和 1.5 g 氰化钠)的小瓶中,线路参见图 1,控制电流为 0.3 mA,镀 1 h,得白色紧密的镀银电极两只。

Ag-AgCl 电极制备:将上面制成的一支银电极用蒸馏水洗净,作为正极,以 Pt 电极作负极,在约 1 mol·L^{-1} 的 HCl 溶液中电镀,线路参见图 1,控制电流为 2 mA 左右,镀 30 min,可得呈紫褐色的 Ag-AgCl 电极,该电极不用时应保存在 KCl 溶液中,贮藏于暗处。

2. 盐桥的制备

以琼胶:KNO$_3$:H$_2$O = 1.5:20:50 的比例加入到烧杯中,用热水浴加热至溶解,趁热将其灌入干净的 U 形管中,U 形管中以及管的两断不能留有气泡,冷却后即可使用。

3. 测量电池的电动势

测量可逆电池的电动势不能直接用伏特计来测量，其原因是电池与伏特计相接后，整个线路便有电流通过，此时电池内部由于存在内电阻而产生某一电势差，并且在电池两极发生化学反应，导致溶液浓度发生变化，电势差数据不稳定。因此，要准确地测定电池的电动势，必须在电流趋于无限小的情况下进行，采用对消法来测定电池的电动势可以满足这一要求。

图 2 为用对消法来测量电池电动势的原理图。$abEa$ 回路由工作电池、可变电阻和电位差计组成，工作电池的输出电压必须大于待测电池的电动势。调节可变电阻使流过回路的电流为某一定值，在电位差计的滑线电阻上产生确定的电位降，其数值由已知电动势的标准电池 ε_S 校正。另一回路 $acGea$ 由待测电池 ε_X（或 ε_S）、检流计和电位差计组成，移动 c 点，当回路中无电流时，电池的电动势等于 a、c 二点的电位降。

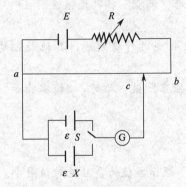

图 2　对消法原理线路图

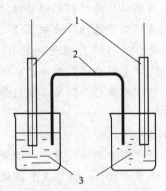

图 3　测定电池的组装
1—电极；2—盐桥；3—溶液

（1）组装电池

按图 3 组成三个电池，注意两个半电池中溶液一定要与盐桥底端相接。

（2）电池电动势测量

① UJ-25 型电位差计测量电池的电动势

用 UJ-25 型电位差计测量电池的电动势，其最大测量范围为 1.91110V。

（a）将标准电池、工作电池、待测电池以及检流计分别与 UJ-25 型电位差计的各指示部位相接（注意正负极不能接错），经教师检查同意后，方可进行下一步实验。标准电池的正负极不要接错，避免剧烈振动，使用前要做温度校正。工作电池为电位差计提供稳定的直流电，接线时要注意：2V 的应接 1.95～2.2V 挡；3V 的接 2.9～3.3V 挡。

（b）校正电位差计。先读室温，计算标准电池在该温度时的电动势，将标准电池的温度补偿旋钮调节在该电动势处，然后将换挡旋钮扳向"N"处，调节电位差计面板上面的旋钮粗、中、细、微，依次按下电位差计按钮"粗"、"细"直到检流计指针（或光点）指示为零。这时电位差计已经校正好了，由于工作电池的电动势会发生变化，因此在测量过程中需要经常校正电位差计。

（c）测量待测电池的电动势，将换挡旋钮扳向"X₁"（或 X₂）处，然后从大到小旋转电动势测量旋钮，按下电计按钮"粗"、"细"直到检流计指针指示为零，6 个小窗口内的读数即为待测电池的电动势。

② SDC 数字电位差综合测试仪测量电池的电动势

SDC 数字电位差综合测试仪是采用误差对消法（又称误差补偿法）测量原理设计的一种电压测量仪器，它综合标准电压和测量电路于一体，测量准确，操作方便。测量电路的输入端采用高输入阻抗器件（阻抗 $\geqslant 1014\Omega$），故流入的电流 $I=$ 被测电动势/输入阻抗（几乎为零），不会影响待测电动势的大小。

使用说明：

开机：用电源线将仪表后面板的电源插座与 220V 电源连接，打开电源开关（ON），预热 15min。

一、内标法为基准进行测量

1. 校验

（1）用测试线将被测电动势按"＋"、"－"极性与"测量"插孔连接。

（2）将"测量选择"旋钮置于"内标"。

（3）将"×100V"位旋钮置于"1"，"补偿"旋钮逆时针旋到底，其他旋钮均置于"0"，此时，"电位指示"显示"1.00000" V。

（4）待"检零指示"显示数值稳定后，按一下"检零"键，此时，"检零指示"应显示"0000"。

2. 测量

（1）将"测量选择"置于"测量"。

（2）调节"$10^0 \sim 10^4$"五个旋钮，使"检零指示"显示数值为负且绝对值最小。

（3）调节"补偿"旋钮使"检零指示"显示为"0000"，此时，"电位显示"数值即为被测电动势的值。

注意：测量过程中，若"检零指示"显示溢出符号"OU.L"说明"电位指示"显示的数值与被测电动势值相差过大。

二、外标法为基准进行测量

1. 校验

（1）将已知电动势的标准电池按"＋"、"－"极性与"外标"插孔连接。

（2）将"测量选择"旋钮置于"外标"。

（3）调节"$10^0 \sim 10^4$"五个旋钮和"补偿"旋钮，使"电位指示"显示的数值与外标电池数值相同。

（4）待"检零指示"数值稳定后，按一下采零键，此时，"检零指示"应显示"0000"。

2. 测量

（1）拔出"外标"插孔的测试线，再用测试线将被测电动势按"＋"、"－"极性接入"测量"插孔。

（2）将"测量选择"置于"测量"。

（3）调节"$10^0 \sim 10^4$"五个旋钮，使"检零指示"显示数值为负且绝对值最小。

（4）调节"补偿"旋钮使"检零指示"显示为"0000"，此时，"电位显示"数值即为被测电动势的值。

最后关机：首先关闭电源开关（OFF），然后拔下电源线。

实验结束后，必须将所用电极放回原处，把盐桥放入指定容器内，检流计必须短路放置。

注意事项：

1. 连接线路时，切勿将标准电池、工作电池、待测电池的正负极接错。

2. 检流计不用时一定要短路，在进行测量时，一定要依次先按电位差计上的"粗"按钮，待检流计光点调至零附近后，再按"细"按钮，以免检流计偏转过猛而损坏。另外，按下按钮的时间要短，以防止过多的电量通过标准电池或被测电池，造成严重的极化现象而破坏被测电池的可逆状态。

3. 标准电池在20℃时的 $E_{20}=1.01863V$，其温度系数很小，在实际测量时若温度为 t 时，其电动势按下式进行校正。

$$E_t/V = E_{20}/V - 4.06 \times 10^{-5}(t/℃-20) - 9.5 \times 10^{-7}(t/℃-20)^2$$

在使用标准电池时，应注意以下几点：

(a) 使用温度范围为 4~40℃。

(b) 切勿将电池倾斜、倒置或摇动。

(c) 正负极不能接错。

(d) 该电池只是用来校正电位差计，不能作为电源使用，测量时间必须短暂，间歇按键，不允许有 $10^{-4}A$ 以上电流通过。

(e) 不能用伏特计或万用表直接测量其端电压。

(f) 每隔1年左右需要重新校正电动势。

4. 在使用饱和甘汞电极时，电极内应充满饱和氯化钾溶液，电极封帽应取下。

饱和甘汞电极的电极电势与温度的关系：

$$E_{甘汞}/V = 0.2412 - 6.61 \times 10^{-4}(t/℃-25) - 1.75 \times 10^{-6}(t/℃-25)^2 -$$
$$9.16 \times 10^{-10}(t/℃-25)^3$$

醌氢醌电极的标准电极电势与温度的关系：

$$E^{\ominus}_{醌氢醌}/V = 0.6994 - 7.4 \times 10^{-4}(t/℃-25)$$

铜电极制备好后，应立即浸泡在所测溶液中，以防其在空气中被污染。

五、实验记录与数据处理

1. 根据第一个电池的测定结果，求硫酸铜溶液的浓度。

2. 由第二个电池求未知溶液的 pH 值。

3. 测量电池3的电动势，计算 AgCl(s) 的 K_{sp}。

六、思考题

1. 对消法测定电池电动势的装置中，电位差计、检流计、工作电池以及标准电池各起什么作用？为什么要用对消法进行测量？

2. 在测量电池电动势的过程中，若检流计光点总是向一个方向偏转，可能是什么原因？

3. 参比电极应具备什么条件？它有什么功用？

4. 测量电池电动势为什么要用盐桥？选用盐桥时有何要求？

5. 可逆电池的条件是什么？测量过程中应如何尽可能地减小极化现象的发生？

实验二十三　希托夫法测定离子迁移数

一、实验目的

1. 了解离子迁移数的概念。
2. 掌握希托夫法测定迁移数的原理和方法。
3. 掌握库仑计的使用方法。

二、实验原理

电解质溶液的导电是依靠离子的定向移动，当外加电场作用于电解质溶液时，溶液中的正负离子分别向阴阳两极移动，形成电流。因此，电流的形成是正负离子共同作用的结果。由于各种离子的迁移速度不同，各自所运载的电量也必然不同。每种离子所带的电量与通过溶液的总电量之比，称为该离子在此溶液中的迁移数，即：

$$t_+ = \frac{Q_+}{Q} = \frac{Q_+}{Q_+ + Q_-} = \frac{v_+}{v_+ + v_-} \tag{1}$$

$$t_- = \frac{Q_-}{Q} = \frac{Q_-}{Q_+ + Q_-} = \frac{v_-}{v_+ + v_-} \tag{2}$$

式中，t_+、t_-为正负离子的迁移数；Q_+、Q_-是正负离子所运载的电量；Q为通过溶液的总电量；v_+、v_-是正负离子的运动速率。显然，

$$t_+ + t_- = 1 \tag{3}$$

希托夫法是把整个电解质溶液分为阳极区、中间区和阴极区，测量电解前后阳极区及阴极区的电解质数量的变化，根据物料平衡来计算离子的迁移数：

$$t_+ = \frac{\text{阳离子迁出阳极区带出的电量}}{\text{发生电极反应的电量}} \tag{4}$$

$$t_- = \frac{\text{阴离子迁出阴极区带出的电量}}{\text{发生电极反应的电量}} \tag{5}$$

本实验以铜电极电解 $CuSO_4$ 溶液，在电解前后，阳极区 Cu^{2+} 的浓度变化由两种原因引起：①阳极上的氧化反应：$Cu(s) \longrightarrow Cu^{2+} + 2e^-$，即阳极上 Cu 溶解转变为 Cu^{2+} 进入溶液；②Cu^{2+} 在电场作用下向阴极移动迁出阳极区。Cu^{2+} 的量的变化为：

$$n_后 = n_前 + n_电 - n_迁 \tag{6}$$

式中，$n_前$、$n_后$ 分别表示通电前、后阳极区所含的 Cu^{2+} 的量；$n_电$ 为通电过程阳极上 Cu 溶解为 Cu^{2+} 的量；$n_迁$ 表示 Cu^{2+} 迁移出阳极区的量。因此

$$n_迁 = n_前 + n_电 - n_后 \tag{7}$$

$$t_{Cu^{2+}} = \frac{n_迁}{n_电} \tag{8}$$

三、仪器与试剂

HTF-7B 离子迁移数测定装置，精密稳流电源，碱式滴定管，锥形瓶。

$CuSO_4$ 电解液，$0.05\,mol \cdot L^{-1}$ $CuSO_4$ 溶液，10% KI 溶液，$1\,mol \cdot L^{-1}$ HAc 溶液，$0.0500\,mol \cdot L^{-1}$ 硫代硫酸钠溶液，0.5% 淀粉指示剂，乙醇（A.R.）。

四、实验步骤

称量干燥、洁净的锥形瓶两只，备用。

用 $0.05\,mol \cdot L^{-1}$ $CuSO_4$ 溶液洗净迁移管，盛以 $CuSO_4$ 电解液，并安装到迁移管固

定架上。

将库仑计中阴极铜片取下，先用细砂纸磨光，除去表面氧化层，用蒸馏水洗净，用乙醇淋洗并吹干，在分析天平上称重，装入库仑计中。

按图 1 连接好迁移管，离子迁移数测定仪和库仑计（注意阴、阳极位置切勿接错）。

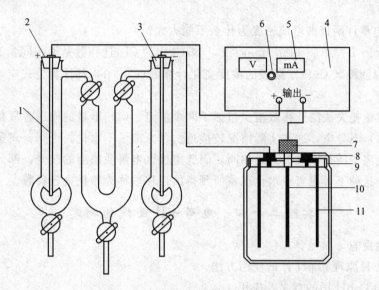

图 1　HTF-7B 离子迁移数测定装置

1—Hb 迁移管；2—阳极；3—阴极；4—库仑计；5—直流电流表；6—输出电流调节旋钮；7—阴极插座；8—阳极插座；9—电极固定板；10—阴极铜片；11—阳极铜片

接通电源，调节电流强度为 20mA，连续通电 90min 以上。

停止通电后，立即关闭玻璃活塞，使三室隔开，以免扩散，迅速取阳极区、中间区溶液分别放入两只锥形瓶中，再称量各锥形瓶。

从库仑计中取出阴极铜片，用水冲洗后，淋以乙醇并吹干，称其质量。

往锥形瓶中加 10% KI 溶液 10mL，1mol·L^{-1} HAc 溶液 10mL，用 0.0500mol·L^{-1} 硫代硫酸钠溶液滴定，滴至淡黄色，加入 0.5% 淀粉指示剂，再滴至紫色消失。

五、实验记录与数据处理

根据中间区分析结果求出 $CuSO_4$ 电解液的浓度

$$m_{CuSO_4} = (c \times V)_{Na_2S_2O_3} \times M_{CuSO_4} \tag{9}$$

$$m_{H_2O} = m_{溶液} - m_{CuSO_4} \tag{10}$$

$$b_{CuSO_4} = \frac{m_{CuSO_4}}{m_{H_2O} M_{CuSO_4}} \tag{11}$$

由于中间区溶液浓度在电解前后不变，所以此浓度可以视为电解前阳极区 $CuSO_4$ 溶液的质量摩尔浓度。

根据阳极区分析结果类似计算电解后 $CuSO_4$ 溶液的质量摩尔浓度；并算出阳极区溶液中所含的水的质量。

假定通电前后阳极区的水量不变，即水分子不发生迁移，计算通电前后阳极区溶液中所含的 $CuSO_4$ 摩尔数，即为 $n_{前}$、$n_{后}$。

由库仑计阴极铜片的增量，计算出 $n_{电}$，即：

$$n_{电} = \frac{\Delta m_{Cu}}{M_{Cu}} \tag{12}$$

代入（7）式算出 $n_{迁}$。计算 t_+ 和 t_-。

六、思考题

1. 通过电量计阴极的电流密度为什么不能太大？

2. $0.1\,mol \cdot L^{-1}$ KCl 和 $0.1\,mol \cdot L^{-1}$ NaCl 中的 Cl^- 迁移数是否相同？为什么？

3. 如果以阴极区 $CuSO_4$ 溶液的浓度变化计算 $t(Cu^{2+})$，其计算公式应如何？

七、讨论

应该注意希托夫法测迁移数至少包括了两个假定：（1）电量的输送者只是电解质的离子，溶剂（水）不导电，这和实际情况较接近。（2）离子不水化。否则，离子带水一起运动，而正、负离子所带水量不一定相同，因此电极区电解质浓度的改变，部分是由于水迁移所引起的，这种不考虑离子水化现象所测得的迁移数称为希托夫迁移数。

实验二十四　电势-pH 曲线的测定

一、实验目的

1. 掌握测量原理和 pH 计的使用方法。

2. 了解电势-pH 图的意义及应用。

二、实验原理

标准电极电势广泛用于解释氧化还原体系之间的反应。但是很多氧化还原反应的发生都与溶液的 pH 值有关，此时，电极电势不仅随溶液的浓度和离子强度变化，还要随溶液 pH 值而变化。对于这样的体系，有必要考查其电极电势与 pH 值的变化关系，从而能够得到一个比较完整、清晰的认识。在一定浓度的溶液中，改变其酸碱度，同时测定电极电势和溶液的 pH 值，然后以电极电势 ε 对 pH 作图，这样就制作出体系的电势-pH 曲线，称为电势-pH 图。

电极反应：氧化态 + ze^- ⟶ 还原态

根据能斯特方程，其电极电势

$$\varepsilon = \varepsilon^0 - \frac{RT}{zF} \ln \frac{a_{re}}{a_{ox}} \tag{1}$$

式中，ε^0 为标准电极电势；a_{re}、a_{ox} 分别是还原态、氧化态的活度。

显然，如果有 H^+ 或 OH^- 参与电极反应，那么电极电势将与 pH 值有关。

本实验讨论 Fe^{3+}/Fe^{2+}-EDTA 络合体系，其在不同的 pH 值范围内，络合产物不同。以 Y^{4-} 代表 EDTA 酸根离子 $(CH_2)_2N_2(CH_2COO)_4^{4-}$，讨论在三个不同的 pH 值区间，电极电势随 pH 值的变化。

1. 在一定 pH 范围内，体系的基本电极反应为：

$FeY^- + e^- \Longrightarrow FeY^{2-}$

电极电势
$$\varepsilon = \varepsilon^0 - \frac{RT}{F} \ln \frac{a_{FeY^{2-}}}{a_{FeY^-}}$$

由 a 与体积摩尔浓度 c 的关系 $a = \gamma c$（γ 是活度系数），可得：

$$\varepsilon = \varepsilon^0 - \frac{RT}{F}\ln\frac{\gamma_{FeY^{2-}}}{\gamma_{FeY^-}} - \frac{RT}{F}\ln\frac{c_{FeY^{2-}}}{c_{FeY^-}}$$

$$= (\varepsilon^0 - b_1) - \frac{RT}{T}\ln\frac{c_{FeY^{2-}}}{c_{FeY^-}} \qquad (2)$$

式中　　$b_1 = \frac{RT}{T}\ln\frac{\gamma_{FeY^{2-}}}{\gamma_{FeY^-}}$

当溶液离子强度和温度一定时，b_1 为常数。故电极电势只与 $\frac{c_{FeY^{2-}}}{c_{FeY^-}}$ 值有关。由于 FeY^{2-} 和 FeY^- 这两个络合物都很稳定，其 $\lg K_{稳}$ 分别为 14.32 和 25.1，因此，在 EDTA 过量情况下，所生成络合物的浓度就近似等于配制溶液时铁离子的浓度，即：

$$c_{FeY^{2-}} = c^0_{Fe^{2+}}$$

$$c_{FeY^-} = c^0_{Fe^{3+}}$$

对给定的络合体系，比值 $\frac{c^0_{Fe^{2+}}}{c^0_{Fe^{3+}}}$ 为常数，则其电势-pH 曲线应表现为水平线。如图 1 中 bc 段。

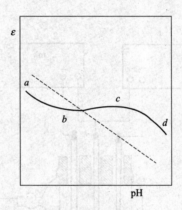

图 1　电势-pH 图

2. 在低 pH 范围，Fe^{2+} 能与 EDTA 生成 $FeHY^-$ 型的含氢络合物，基本电极反应为：

$$FeY^- + H^+ + e^- \Longrightarrow FeHY^-$$

则

$$\varepsilon = \varepsilon^0 - \frac{RT}{F}\ln\frac{a_{FeHY^-}}{a_{FeY^-} \cdot a_{H^+}}$$

$$= (\varepsilon^0 - b_2) - \frac{RT}{F}\ln\frac{c_{FeHY^-}}{c_{FeY^-}} - \frac{2.303RT}{F}pH$$

$$= (\varepsilon^0 - b_2) - \frac{RT}{F}\ln\frac{c^0_{Fe^{2+}}}{c^0_{Fe^{3+}}} - \frac{2.303RT}{F}pH \qquad (3)$$

电极电势与 pH 呈线性关系，如图 1 中 ab 段。

3. 在高 pH 范围，Fe^{3+} 能与 EDTA 生成 $Fe(OH)Y^{2-}$ 型的羟基络合物：

$$Fe(OH)Y^{2-} + e^- \Longrightarrow FeY^{2-} + OH^-$$

$$\varepsilon = \varepsilon^0 - \frac{RT}{F}\ln\frac{a_{FeY^{2-}} \cdot a_{OH^-}}{a_{Fe(OH)Y^{2-}}}$$

$$= \left(\varepsilon^0 - b_3 - \frac{RT}{F}\ln k_\mathrm{w}\right) - \frac{RT}{F}\ln\frac{c_{\mathrm{FeY}^{2-}}}{c_{\mathrm{Fe(OH)Y}^{2-}}} - \frac{2.303RT}{F}\mathrm{pH}$$

$$= \left(\varepsilon^0 - b_3 - \frac{RT}{F}\ln k_\mathrm{w}\right) - \frac{RT}{F}\ln\frac{c^0_{\mathrm{Fe}^{2+}}}{c^0_{\mathrm{Fe}^{3+}}} - \frac{2.303RT}{F}\mathrm{pH} \tag{4}$$

式中，k_w 为水的活度积。可见 ε 与 pH 值也呈线性关系，见图 1 中 cd 段。

三、仪器与试剂

酸度计，数字电压表，电磁搅拌器，铂电极，饱和甘汞电极，玻璃电极，微量酸式滴定管（10mL），碱式滴定管（50mL），超级恒温槽，反应器。

$FeCl_3 \cdot 6H_2O$（A.R.），$FeCl_2 \cdot 4H_2O$（A.R.），EDTA 二钠盐二水化合物（A.R.），HCl 溶液（4mol·L^{-1}），NaOH 溶液（1mol·L^{-1}）。

四、实验步骤

1. 仪器装置

仪器装置如图 2 所示。玻璃电极、甘汞电极和铂电极分别插入反应器的三个孔内，反应器的夹套通以恒温水。测量体系的 pH 采用 pH 计，测量体系的电势采用数字电压表。用电磁搅拌器搅拌。

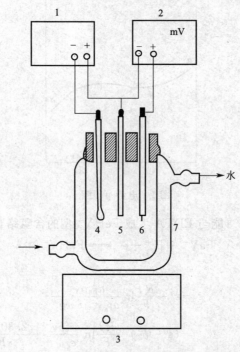

图 2　电势-pH 测定装置图

1—酸度计；2—数字电压表；3—电磁搅拌器；4—玻璃电极；
5—饱和甘汞电极；6—铂电极；7—反应器

2. 配制溶液

称 7g EDTA 转移到反应器中，加 40mL 蒸馏水，加热溶解，最后让 EDTA 溶液冷至 25℃。迅速称取 1.72g $FeCl_3 \cdot 6H_2O$ 和 1.18g $FeCl_2 \cdot 4H_2O$，立即转移到反应器中。总用水量控制在 80mL 左右。

3. 电势和 pH 的测定

调节超级恒温槽水温为 25℃，并将恒温水通入反应器的恒温水套中。开动电磁搅拌器，用碱式滴定管缓慢滴加 $1mol \cdot L^{-1}$ NaOH 溶液直至反应器中溶液 pH＝8 左右（用碱量约 38mmol），此时溶液为红褐色（注意加碱时要避免局部生成 $Fe(OH)_3$ 沉淀），测定此时溶液的 pH 值和电动势 E 值。

用 10mL 微量酸式滴定管，从反应器的一个孔滴入少量 $4mol \cdot L^{-1}$ HCl 改变溶液 pH 值 0.3 左右，待搅拌半分钟后，重新测定体系的 pH 及 E 值。如此重复测定，得出该溶液的一系列电动势 E 和 pH 值，直至溶液出现浑浊（pH 约等于 2.3）为止。由于 Fe^{2+} 易受空气氧化，如有条件最好向反应器通入 N_2 保护。

注意事项：

1. $FeCl_2 \cdot 4H_2O$ 的纯度要注意，防止氧化。

2. 搅拌速度要加以控制，防止由于搅拌不均匀造成加入 NaOH 时，溶液上部出现少量的 $Fe(OH)_3$ 沉淀。

五、实验记录与数据处理

用表格形式记录所得的电动势 E 和 pH 值，根据 $E＝\varepsilon-\varepsilon_甘}$，算出相应的电极电势 ε 值。

以 ε 为纵轴，pH 值为横轴，作出 Fe^{3+}/Fe^{2+}-EDTA 络合体系的电势-pH 曲线，从所得曲线上水平段确定 FeY^- 和 FgY^- 稳定存的 pH 范围。

六、思考题

1. 玻璃电极比氢电极有何优缺点？其注意事项是什么？

2. 用酸度计和电位差计测电动势的原理各有什么不同？它们的测量精度各是多少？

3. 写出 Fe^{3+}/Fe^{2+}-EDTA 络合体系在电势平台区、低 pH 和高 pH 时，体系的基本电极反应及其所对应的 Nernst 公式的具体形式，并指出每项的物理意义。

七、讨论

电势-pH 图对解决在水溶液中发生的一系列反应及平衡问题，有广泛应用。比如元素分离、金属防腐等。本实验讨论的 Fe^{3+}/Fe^{2+}-EDTA 体系，可用于消除天然气中的有害气体 H_2S。利用 Fe^{3+}-EDTA 溶液可将 H_2S 氧化成元素硫除去，溶液中 Fe^{3+}-EDTA 络合物被还原为 Fe^{2+}-EDTA 络合物；通入空气可使低铁络合物被氧化为 Fe^{3+}-EDTA 络合物，使溶液得到再生，不断循环使用。其反应如下：

$$2FeY^- + H_2S \xrightarrow{脱硫} 2FeY^{2-} + 2H^+ + S\downarrow$$

$$2FeY^{2-} + \frac{1}{2}O_2 + H_2O \xrightarrow{再生} 2FeY^- + 2OH^-$$

在用 EDTA 络合铁盐法脱除天然气中硫时，Fe^{3+}/Fe^{2+}-EDTA 络合体系的电势-pH 曲线可以帮助我们选择合适的脱硫条件。例如，低含硫天然气中 H_2S 含量为 $0.1 \sim 0.6g/m^3$，25℃时其分压为 $7.3 \sim 43.6Pa$，根据其电极反应

$$S + 2H^+ + 2e^- \Longrightarrow H_2S \ (g)$$

可得 25℃时电极电势 ε 与 H_2S 的分压及 pH 的关系为：

$$\varepsilon = -0.072 - 0.02961lg(p_{H_2S}/Pa) - 0.0591pH \tag{5}$$

在图 1 中以虚线标出这三者的关系。由电势-pH 图（图 1）可见，对任何一定 $\frac{c^0_{Fe^{2+}}}{c^0_{Fe^{3+}}}$ 比值的脱硫液而言，此脱硫液的电极电势与（5）式电势 ε 之差值在电势平台区内，随着 pH 的增大而增大，到平台区的 pH 上限时，两电极电势差值最大。这一事实表明，任何一个一定 $\frac{c^0_{Fe^{2+}}}{c^0_{Fe^{3+}}}$ 比值的脱硫液在它的电势平台区的上限时，脱硫的热力学趋势最大；超过此 pH 后，脱硫趋势将保持定值而不再随 pH 增大而增大。由此可知，根据图 1，从热力学角度看，用 EDTA 络合物铁盐法脱除天然气中 H_2S 时脱硫液的 pH 选择在 6.5~8 之间或高于 8 都是合理的，但 pH 不宜大于 12，否则会有 $Fe(OH)_3$ 沉淀出来。

实验二十五　电导的测定及其应用

一、实验目的

1. 掌握电导法测量弱电解质溶液电离度及电离常数的基本原理。

2. 熟悉 DDS-307 型电导率仪的使用，掌握测定溶液电导率的方法。

二、实验原理

电解质溶液的导电是靠正、负离子的定向迁移来传递电流的。对于弱电解质溶液，电解质部分电离，只有已电离部分起着传递电量的作用。在无限稀释的溶液中可以认为弱电解质已全部电离，此时溶液的摩尔电导率为 Λ_m^∞，可以根据离子独立运动定律由正、负离子的极限摩尔电导率相加而得。因此可以近似地认为电离度 α 等于浓度为 c 时的摩尔电导率 Λ_m 与溶液无限稀释时的摩尔电导率 Λ_m^∞ 之比，即：

$$\alpha = \frac{\Lambda_m}{\Lambda_m^\infty} \tag{1}$$

AB 型弱电解质（如 HAc）在溶液中电离达到平衡时，电离平衡常数 K 与浓度 c、电离度 α 之间的关系为：

$$HAc \Longrightarrow H^+ + Ac^-$$

电离前　　　　c　　　　0　　　　0

平衡时　　　$c(1-\alpha)$　　$c\alpha$　　$c\alpha$

$$K = \frac{(c\alpha)^2}{c(1-\alpha)} = \frac{c\alpha^2}{1-\alpha} \tag{2}$$

将式（1）代入式（2）即得：

$$K = \frac{c\Lambda_m^2}{\Lambda_m^\infty(\Lambda_m^\infty - \Lambda_m)} \tag{3}$$

Λ_m^∞ 可以根据离子独立运动定律从离子的无限稀释的摩尔电导率计算出来，也可以从文献查得。Λ_m 则可以通过电导率的测定根据下式求得：

$$\Lambda_m = \frac{\kappa}{c} \tag{4}$$

式中，κ 为电导率，$S \cdot m^{-1}$。

将 c、Λ_m 和 Λ_m^∞ 代入式（3）可计算出 K 值。

或将式（3）变形整理得

$$c\Lambda_m = K(\Lambda_m^\infty)^2 \frac{1}{\Lambda_m} - K\Lambda_m^\infty \tag{5}$$

以 $c\Lambda_m$ 对 $\frac{1}{\Lambda_m}$ 作图应得一条直线，该直线的斜率为 $K(\Lambda_m^\infty)^2$，截距为 $-K\Lambda_m^\infty$，由此可计算出 K 和 Λ_m^∞。

对弱电解质 HAc 来说，由于其电导率很小，因此测得 HAc 溶液的电导率也包括水的电导率，所以

$$\kappa_{HAc} = \kappa_{溶液} - \kappa_{H_2O} \tag{6}$$

测定一定温度下某一浓度的弱电解质溶液的 $\kappa_{溶液}$ 值以及电导水的 κ_{H_2O} 值，由式（6）算得弱电解质 HAc 的 κ，根据式（4）计算出 HAc 的摩尔电导率 Λ_m，将得到的 Λ_m 值代入式（1）求出弱电解质在该浓度时的电离度 α。再将 Λ_m 值代入式（3）计算出 HAc 的电离平衡常数 K 或根据式（5）用图解法求 HAc 的电离平衡常数。

三、仪器与试剂

DDS-307 型电导率仪 1 台，恒温槽 1 套，电导池 1 支，移液管（10mL）2 支。

1000mol·L^{-1}醋酸溶液。

四、实验步骤

1. 将恒温槽的温度恒定在 25℃。

2. 开启 DDS-307 型电导率仪，将铂黑电极浸泡于蒸馏水中，数分钟后取出，用蒸馏水淋洗，然后再用滤纸吸干电极上的水（注意不要擦拭）。

3. 用移液管向干燥、洁净的电导池中加入 20mL 的 0.1000mol·L^{-1}醋酸溶液，测定其电导率。

4. 用吸取醋酸溶液的移液管从电导池中吸出 10mL 溶液弃去，再用另一支移液管吸取 10mL 电导水注入电导池中，混合均匀，等温度恒定后，测其电导率。

5. 如此再稀释四次，共测出六种不同浓度 HAc 溶液的电导率。

6. 倒去 HAc 溶液，洗净电导池，再用电导水淋洗电导池。向电导池中注入 20mL 电导水，测其电导率。

注意事项：

1. 移液管不要用错。

2. 测定水的电导率时，动作要快。

3. 温度对电导有较大影响，所以整个实验必须在恒定的同一温度下进行。

五、实验记录与数据处理

1. 已知 298.2K 时，无限稀释溶液中，$\Lambda_{m(H^+)}^\infty = 349.82 \times 10^{-4}$ s·m^2·mol^{-1}，$\Lambda_{m(Ac^-)}^\infty = 40.9 \times 10^{-4}$ s·m^2·mol^{-1}，求算醋酸的 Λ_m^∞。

2. 计算各浓度醋酸的电离度 α 和电离平衡常数 K。

六、思考题

1. 在计算 HAc 的电导率时，为什么要考虑水的电导率？测定水的电导率时，为什么动作要快，否则有何影响？

2. 实验中为何用镀铂黑电极？使用时应该注意的事项有哪些？

胶体与表面性质的测定

实验二十六　溶液表面张力和吸附量的测定

一、最大气泡压力法

（一）实验目的

1. 了解表面张力的性质、表面能的意义以及表面张力和吸附的关系。

2. 掌握最大气泡压力法测定溶液表面张力的原理和要领。

（二）实验原理

物体表面层中的分子和内部分子所处的力场不同，因而能量也不同，表面层的分子受到向内的拉力，所以液体表面都有自动缩小的趋势。如果把一个分子从内部迁移到表面，就需要克服拉力而做功，因此表面分子的能量比内部分子的能量大。增加体系的表面，即增加了体系的总能量，在温度、压力和组成恒定时，可逆地使表面增加 ΔA 环境所需做的可逆功的量应与 ΔA 成正比，即

$$W_r' = \gamma \Delta A \tag{1}$$

式中，γ 为比例系数，如果 $\Delta A = 1 m^2$，则 $W_r' = \gamma$，即在温度、压力和组成恒定的条件下增加 $1 m^2$ 新的表面所需的可逆非膨胀功。故 γ 称为单位表面的表面能，其单位是 $J \cdot m^{-2}$。若把 γ 看为作用在界面上每单位长度边缘上的力，通常称为表面张力，它表示表面自动缩小的趋势大小。表面张力是液体的重要特性之一，与所处的温度、压力、液体的组成以及共存的另一相的组成有关。纯液体的表面张力通常是指该液体与饱和了其本身蒸气的空气共存的情况而言。

纯液体表面层的组成与内部的组成相同，因此，液体降低体系表面自由能的唯一途径是尽可能地缩小其表面积。对于溶液，由于溶质会影响表面张力，因此，可以通过调节溶质在表面层的浓度来降低表面自由能。

根据能量最低原理，当在纯液体中加入溶质时，若液体的表面张力降低，则表面层中溶质的浓度应比溶液内部大，反之，若液体的表面张力增大，则表面层中溶质的浓度应比溶液内部低，这种现象称为"吸附"。在单位面积的表面层中，所含溶质的物质的量与同量溶剂在溶液内部中所含溶质物质的量的差值，称为溶质的表面吸附量，也称表面过剩。在一定温度和压力下，吸附与溶液的表面张力以及溶液的浓度有关。Gibbs 在 1878 年用热力学方法推导出它们之间的关系式，对于两组分（非电解质）稀溶液有：

$$\Gamma = -\frac{c}{RT}\left(\frac{\partial \gamma}{\partial c}\right)_T \tag{2}$$

式中，Γ 为表面吸附量，$mol \cdot m^{-2}$；γ 为溶液的表面张力，$N \cdot m^{-1}$；T 为热力学温度，K；c 为溶液浓度，$mol \cdot m^{-3}$；R 为气体常数，$8.314 J \cdot mol^{-1} \cdot K^{-1}$。

当 $\left(\dfrac{\partial \gamma}{\partial c}\right)_T < 0$ 时，$\Gamma > 0$，称为正吸附，即加入溶质使液体表面张力下降，此类物质称表面活性物质；

当 $\left(\dfrac{\partial \gamma}{\partial c}\right)_T > 0$ 时，$\Gamma < 0$，称为负吸附，即加入溶质使液体表面张力增大，此类物质

称非表面活性物质。

工业和日常生活中被广泛应用的去污剂、乳化剂、气泡剂以及消泡剂等都是表面活性物质，它们的主要作用发生在界面上，表面活性物质分子是由极性部分（亲水基）和非极性部分（亲油基）构成，在水溶液表面，极性部分向着水而非极性部分向着空气。

本实验采用最大气泡压力法测定一定温度下不同浓度正丁醇水溶液的表面张力，然后作出 $\gamma = f(c)$ 的等温曲线，见图 1。

由曲线可以看出，开始时 γ 随 c 的增加而迅速下降，以后的变化比较缓慢。根据曲线 $\gamma = f(c)$ 可以作出曲线 $\Gamma = f(c)$，其方法是：在曲线 $\gamma = f(c)$ 上取一点，通过 a 点分别作曲线的切线和平行于横坐标的直线且与纵坐标相交于 b，f，令 $bf = Z$，则有：

$$-\frac{Z}{c} = \frac{\mathrm{d}\gamma}{\mathrm{d}c} \quad \text{或} \quad Z = -c \cdot \frac{\mathrm{d}\gamma}{\mathrm{d}c} \tag{3}$$

将式（3）代入式（2），可得：

$$\Gamma = \frac{Z}{RT} \tag{4}$$

由式（4）即可求得对应于 a 点的表面吸附量。若取曲线 $\gamma = f(c)$ 上不同浓度的点，依照同样的方法即可得到不同浓度时的 Z，从而可以画出 $\Gamma = f(c)$ 吸附等温线。见图 2。

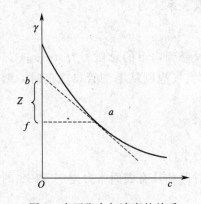

图 1　表面张力与浓度的关系

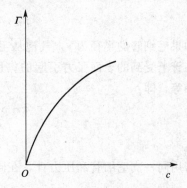

图 2　表面吸附量与浓度的关系

在一定温度下，吸附量与溶液浓度之间的关系由 Langmuir 等温方程式表示

$$\Gamma = \Gamma_\infty \frac{kc}{1 + kc} \tag{5}$$

Γ_∞ 为饱和吸附量；k 为经验常数，与溶质的表面活性大小有关。将式（5）转化为如下的直线方程形式：

$$\frac{c}{\Gamma} = \frac{c}{\Gamma_\infty} + \frac{1}{k\Gamma_\infty} \tag{6}$$

以 $\frac{c}{\Gamma}$ 为纵坐标、c 为横坐标作图可得一直线，由直线的斜率即可求出 Γ_∞。

假设在饱和吸附的情况下，正丁醇分子在气-液界面上铺满一单分子层，则可应用下式求得单个正丁醇分子的横截面积 S_0。

$$S_0 = \frac{1}{\Gamma_\infty L} \tag{7}$$

式中，L 是阿佛伽德罗常数。

最大气泡压力法（单管式）测定表面张力的装置示意图如图 3 所示。

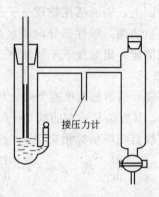

接压力计

图 3　最大气泡压力法的装置

当毛细管端面与待测液体面相切时，液面将沿毛细管上升。打开活塞，使水缓慢下滴以减少系统的压力，这样毛细管内液面上受到一个比试管中液面上大的压力，当此压力差在毛细管端面上产生的作用力稍大于毛细管口液体的表面张力时，气泡就从毛细管口逸出，这一最大压力差可从精密数字压力计上读出。其关系式为

$$p_{最大} = p_{大气} - p_{系统} = \Delta p \tag{8}$$

如果毛细管的半径为 r，气泡从毛细管口逸出时受到向下的总压力为 $\pi r^2 p_{最大}$，气泡在毛细管上受到的表面张力引起的作用力为 $2\pi r \gamma$，当气泡刚从毛细管口逸出时，则上述两力相等，即：

$$\pi r^2 p_{最大} = \pi r^2 \Delta p = 2\pi r \gamma \tag{9}$$

$$\gamma = \frac{r}{2} \Delta p \tag{10}$$

若用同一支毛细管和压力计，在同一温度下，对两种具有表面张力为 γ_1 和 γ_2 的液体而言，则得：

$$\gamma_1 = \frac{r}{2} \Delta p_1$$

$$\gamma_2 = \frac{r}{2} \Delta p_2$$

$$\frac{\gamma_1}{\gamma_2} = \frac{\Delta p_1}{\Delta p_2}$$

$$\gamma_1 = \frac{\gamma_2}{\Delta p_2} \Delta p_1 = K \Delta p_1 \tag{11}$$

式中，K 为毛细管常数。

用已知表面张力为 γ_2 的液体为标准，从式(11) 即可求出其他液体的表面张力 γ_1。

（三）仪器与试剂

恒温装置一套，DP-A 型精密数字压力计 1 台，毛细管 1 支，带有支管的试管 1 支，容量瓶（50mL）8 个，烧杯（50mL）1 个。

正丁醇（A.R.）。

（四）实验步骤

1. 配制不同浓度的正丁醇溶液。分别配制 $0.02mol \cdot L^{-1}$、$0.05mol \cdot L^{-1}$、$0.10mol \cdot L^{-1}$、$0.15mol \cdot L^{-1}$、$0.20mol \cdot L^{-1}$、$0.25mol \cdot L^{-1}$、$0.30mol \cdot L^{-1}$、$0.35mol \cdot L^{-1}$ 的正丁醇水溶液各 50mL。

2. 调节恒温槽的温度为 $25℃$。

3. 毛细管常数 K 的测定。将预先洗净的仪器按图 3 安装好并侵入恒温槽恒温 10min，用水作为待测液测定毛细管常数 K。方法是将干燥的毛细管垂直地插到使毛细管的端面刚好与水面相切，缓缓打开放水活塞，控制滴水速度，使气泡自毛细管口慢慢逸出，速度大约为在 $5\sim10s$ 内出一个。待气泡均匀、稳定地逸出时，读取最大压差值三次，取平均值。根据手册查出实验温度时水的表面张力，利用式（11）求出所使用的毛细管常数。

4. 正丁醇水溶液表面张力的测定。用待测溶液洗净试管，加入适量样品于试管中，与毛细管常数测定的方法一样，按照由稀至浓的顺序依次测定已知浓度的待测样品的压力差，代入式（11）式计算其表面张力。

注意事项：

1. 测定用的毛细管一定要干净，否则，气泡可能不能连续稳定的通过，从而使压力计的读数不稳定。

2. 毛细管一定要垂直，端面要和液面刚好接触。

3. 表面张力和温度有关，因此，要等溶液恒温后再测量。

4. 每改变一次测量溶液必须用待测的溶液反复洗涤试管，以确保所测量的溶液表面张力与实际溶液的浓度相一致。

5. 控制好出泡速度，读取压力计的压力差时，应取气泡单个逸出时的最大压力差。

（五）实验记录与数据处理

1. 计算毛细管常数 K。

2. 计算不同浓度正丁醇溶液的表面张力 γ。

3. 作 γ-c 图，在曲线上取若干点，作切线求出不同浓度的 Z 值。

4. 根据式 $\Gamma = \dfrac{Z}{RT}$ 计算不同浓度的 Γ 值，绘出 Γ-c 曲线。

5. 以 $\dfrac{c}{\Gamma}$ 对 c 作图，应得一直线，由直线斜率可求出 Γ_∞。

6. 依据式 $S_0 = \dfrac{1}{\Gamma_\infty L}$ 计算正丁醇分子的横截面积 S_0。

（六）思考题

1. 用最大气泡压力法测定表面张力时，为什么要读最大压力差？

2. 本实验结果准确与否关键取决于哪些因素？

3. 毛细管的端面为何要刚好和液面接触？如果插得较深，将产生什么后果？毛细管内径均匀与否对结果有无影响？

4. 当毛细管端部冒泡时，气泡如出得很快或连续几个泡一起出，对结果有何影响？

二、毛细管法

（一）实验目的

1．熟悉另一种测定液体表面张力的方法。

2．掌握毛细管法测定液体表面张力的原理和测试方法。

（二）实验原理

将干净的毛细管一端插入液体中，液体就在毛细管中上升一定高度，此时毛细管中液柱的重力被向上的表面张力平衡，如图 4 所示，根据毛细管上升的高度求算表面张力的公式为：

$$\gamma = \frac{1}{2} h\rho gr / \cos\theta$$

式中，γ 为表面张力；h 为液柱高度；ρ 为液体密度；r 为毛细管半径；g 为重力加速度；θ 为接触角。若玻璃被液体完全润湿，则 $\theta = 0$，$\gamma = h\rho gr / 2$。

若玻璃被液体部分润湿，但弯月面很小，可考虑为半球形，体积为 $\pi r^3 - \frac{2}{3}\pi r^3 = \frac{1}{3}\pi r^3$，

则 $\gamma = \frac{1}{2} h\rho gr \left(h + \frac{1}{3} r \right)$。

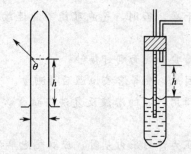

(a) 毛细管表面张力示意图　　(b) 毛细管法测定表面张力仪

图 4　毛细管法测定表面张力装置

毛细管上升法测表面张力最为准确，但要求液体能湿润管壁，所以常用玻璃毛细管，因玻璃毛细管能被大部分液体湿润，但要精确测量接触角比较困难。毛细管必须洁净，要求垂直插入溶液。且要求毛细管半径均匀，这一点比较困难。毛细管半径亦可用读数显微镜测定。

（三）仪器与试剂

0.1mm 毛细管一根，试管 1 支，读数显微镜 1 台，恒温装置 1 套。

正丁醇（A.R.）。

（四）实验步骤

装置如图 4 所示。其实验方法是将一根半径为 0.1mm 左右的毛细管洗净烘干，垂直放入已知表面张力的液体中。通过洗耳球向样品管中鼓气，毛细管中液面升高。一旦停止鼓气，则液体在毛细管中回到平衡位置，用读数显微镜读取其高度 h_0，然后用洗耳球吸气，毛细管液面下降。停止吸气，毛细管中液面又恢复到平衡位置，再读取高度。如此重复三次，其高度应相差无几，取其平均值。若三次测量高度相差甚大，说明毛细管不洁净，应重新处理毛细管。

采用上述同样方法测定待测液体在毛细管中的上升高度 h_1。

注意事项：

1. 毛细管必须干燥、洁净，端口平整、光滑。

2. 装置应垂直安放。

（五）实验记录与数据处理

1. 将测得的标准液的高度和密度及已知的表面张力代入式 $\gamma = \dfrac{1}{2} h \rho g r / \cos \theta$ 中，计算出毛细管的半径 r，如玻璃被液体部分润湿且弯月面很小，可代入式 $\gamma = \dfrac{1}{2} h \rho g r$ 中计算。

2. 将测出的待测液体的高度、密度及已经求得的毛细管半径代入上式，即可计算出待测液的表面张力。

实验二十七 溶胶的制备与 ζ 电位的测定

一、实验目的

1. 观察溶胶的电泳现象和了解其电学性质。

2. 了解胶体 ζ 电位的测定原理。

3. 掌握 Al_2O_3 溶胶的制备方法。

4. 掌握用 JS94H 型微电泳仪测定胶粒 ζ 电位的方法。

二、实验原理

溶胶是一个多相系统，其分散相胶粒的大小约在 $10^{-9} \sim 10^{-7}$ m 之间。由于本身电离或从溶液中选择性地吸附一定量的某种离子以及其他原因，胶粒表面带有一定量的电荷，胶粒周围的介质分布着反离子。反离子所带电荷与胶粒表面电荷符号相反、数量相等，整个溶胶系统保持电中性。胶粒周围的反离子由于静电引力和热扩散运动的结果形成了两部分——紧密层和扩散层。紧密层约有一两个分子层厚，紧密吸附在胶核表面上，而扩散层的厚度则随外界条件（温度、体系中电解浓度及其离子的价电子数等）而变，扩散层中的反离子符合玻耳兹曼分布。由于离子的溶剂化作用，紧密层结合有一定数量的溶剂分子，在电场的作用下，它和胶粒作为一个整体移动，而扩散层中的反离子则向相反的电极方向移动。这种在电场作用下分散相粒子相对于分散介质的相对运动称为电泳。发生相对移动的界面称为切动面，切动面与液体内部的电位差称为电动电势或 ζ 电位，而带电粒子的胶粒表面与液体内部的电位差称为质点的表面电势 φ^0。

ζ 电位是表征胶体特性的重要物理量之一。胶体的稳定性与 ζ 电位有直接关系，ζ 电位绝对值越大，表明胶粒荷电越多，胶粒间排斥力越大，胶体越稳定。反之则表明胶体越不稳定。当 ζ 电位为零时，胶体的稳定性最差，此时可观察到胶体的聚沉。

胶粒电泳速度除与外加电场的强度有关外，还与 ζ 电位的大小有关。当带电的胶粒在电场强度为 E 的外电场作用下迁移时，$E = \mathrm{d}V/\mathrm{d}x$，若胶粒的带电量为 q，则该胶粒受到的静电力为：

$$F_1 = qE \tag{1}$$

另一方面，胶粒在介质中运动受到的阻力，按斯托克斯（Stokes）定律为：

$$F_2 = 6\pi \eta r u \tag{2}$$

式中，η 为介质的黏度，P（1P＝0.1Pa·s）；r 为胶粒的半径；u 为胶粒运动速度。

若胶粒运动速度 u 达到恒定，则：

$$qE = 6\pi\eta r u \tag{3}$$

$$u = qE/(6\pi r\eta) \tag{4}$$

应指出 q 并非胶粒表面的电荷，而是切动面上的电荷，决定于胶体的 ζ 电位。根据静电学，半径为 r 的球体表面的电位与电荷量存在下列关系：

$$\zeta = q/(4\pi\varepsilon r) \tag{5}$$

代入（4）式中得：

$$\zeta = 3u\eta/(2E\varepsilon) \tag{6}$$

溶胶的制备方法可分为分散法和凝聚法。分散法是用适当方法把较大的物质颗粒变为胶体大小的质点；凝聚法是先制成难溶物的分子（或离子）的过饱和溶液，再使之相互结合成胶体粒子而得到溶胶。本实验 Al_2O_3 溶胶的制备就是采用分散法即通过超声波方法使较大的物质颗粒变为胶体大小的质点。

本实验采用 JS94H 型微电泳仪，在一定电场强度下实测胶粒运动速度求得动电势 ζ。

三、仪器与试剂

JS94H 型微电泳仪 1 套，PHS-3C 型精密 pH 计，85-2 控温磁力搅拌器，超声波清洗池。

Al_2O_3 粉末，0.001mol·L^{-1} NaCl 溶液，0.1mol·L^{-1} HCl 溶液，0.1mol·L^{-1} NaOH 溶液。

四、实验步骤

1. Al_2O_3 溶胶的制备

（1）将一定量的 Al_2O_3 粉末加入到 0.001mol·L^{-1} NaCl 溶液中，配置成 Al_2O_3 含量为 0.05％（质量百分比）的悬浮液 250mL，并将其置于超声波清洗池中超声分散 5～10min。

（2）移取 20～30mL 的分散过的悬浮液与七只烧杯中，并加入 0.1mol·L^{-1} HCl 溶液或 0.1mol·L^{-1} NaOH 溶液调节 pH 值为 4、5、6、7、8、9、10 左右的样品溶液。

2. 仪器操作测量

（1）程序启动

进入 js94h 子目录，运行子目录中的 dh.exe 即可启动微电泳仪应用程序。

（2）连接微电泳仪

进入主界面后请点击 OPTION 菜单中的 CONNECT 选项，出现"Connect ok"，表明计算机与仪器的通讯沟通成功，如出现出错信息，请检查计算机与仪器的连线。

（3）调焦与定位

用去离子水冲洗电泳杯和"十"字标，将被测样品注入电泳杯，插入"十"字标后洗涤数次，并让"十"字标充分湿润；取 0.5mL 样品注入电泳杯，倾斜电泳杯，缓缓插入"十"字标，石英片的表面有前后 2 个表面，将含有"十"字标的那个表面接近镜头，即将标有"前"的一面面向自己插入，细心观察，不要产生气泡；擦拭干电泳杯的外面，将电泳杯平稳放入样品槽，轻轻按到底，切忌重压。

（4）采样

找到"十"字标后就可以开始试样的测量，用去离子水冲洗电泳杯和电极，将被测样品注入电泳杯，插入电极后洗涤数次，并让电极装置充分湿润；取 0.5mL 样品注入电泳杯，倾斜电泳杯，缓缓插入电极装置，细心观察，不要产生气泡；擦拭干电泳杯外面，将电泳杯平稳放入样品槽，轻轻按到底，切忌重压，连上电极连线。（注：对于 Cl^- 比较多的体系，采用 Ag 电极）

（5）设定

点击 Option 菜单中的 Setting…选项，出现对话框，输入文件名和电压切换时间。如使用不太熟练，电压切换时间可使用程序预先的设定，但应根据用户需要在测试样品前预先设好文件名。

（6）截图

点按活动图像，调节所需电压输入样品 pH 值（pH 值要事先用 pH 计测得），按启动，图像上颗粒会随电极的切换左右移动，使用快捷键调节所需画面和画质，然后按存盘，程序将截取图像供分析计算用。

（7）数据分析

按分析程序进入分析计算子程序界面。在屏幕左侧有三个长方形的区域分别为定标分析区♯1、♯2、♯3，右侧由上至下有三个区域，第一个是操作区，第二个是环境参数区，第三个是定标数据区。点按开始，系统要求输入文件名（文件名应是采样模块中输入的文件名）。输入正确的文件名后，系统将调出相应的图像和数据供用户分析。

分析图像时，首先在分析区♯1 内确认一个颗粒，方法是将定标线移到这个颗粒所在位置，鼠标点击确认，在定标数据区内的颗粒 0A 位置将显示所确认的位置数据，然后根据颗粒位置的相关性，在分析区♯2 中确认同一颗粒（即分析区♯1 内所确认的颗粒，参考分析区♯3 的颗粒位置），其位置数据显示在定标数据区内的颗粒 0B 后，至此获得第一组数据，然后在分析区♯1 内再确认其他颗粒，用同样方法获得第二组数据，依此类推，可获得多至十组数据。然后按继续键，系统将调出第二组图像供用户分析，用户在用同样方法再获得十组数据后，按存盘，程序要求判断颗粒电荷极性，可根据分析区♯3 中右侧"＋"或"－"符号以及分析区♯1、♯2 所显示的颗粒走向判断颗粒所带电荷极性并输入"＋"或"－"符号。

（8）退出进行下次测量

确认后系统自动计算出分析结果。按 OK 退出分析计算子程序，回到主界面，进行下一项测量。每次样品重复测量 5 次，取平均值。

注意：如分析中出现操作错误，可按鼠标右键，可逐一取消输入的数据，重新输入。也可按 CANCEL 键，退出子程序，直接按分析程序重新进入，按上述步骤进行操作。

如数据误差过大，请重新调整三维平台观察十字标成像，注意严格按照上述操作规程操作。实验结束以后，可以利用目录下的 dhprint.exe 程序打印实验数据和图像。

五、实验记录与数据处理

根据实验所得数据，作 ζ-pH 曲线。当 ζ 为零时的 pH 值为 Al_2O_3 溶胶的等电点。由 ζ-pH 曲线来确定 Al_2O_3 溶胶的等电点。

实验数据记录

pH	ζ电势					
	1	2	3	4	5	平均值
4						
5						
6						
7						
8						
9						
10						

六、思考题

（1）电泳速度的快慢与哪些因素有关？

（2）写出 Al_2O_3 的水解反应？

（3）胶粒带电的原因是什么？如何判断胶粒所带电荷的符号？

实验二十八　固体比表面的测定

一、实验目的

1. 用色谱法测定粉体物质比表面。

2. 掌握比表面测定仪的使用方法。

二、实验原理

比表面的测定对评选催化剂或吸附剂都是很重要的。测定比表面的方法有多种，色谱法是 Nelsen 和 Eggersen 于 1958 年首先提出，由于该方法不需要复杂的真空系统，不接触汞，且操作和数据处理也较简单，因而得到广泛应用。其中应用较广者，有以下几种类型和方法。

1. 保留体积法。此法无需利用 BET 公式，可由对单位吸附剂表面的绝对保留体积直接求出比表面。

2. 由色谱图求出吸附等温线，再用 BET 公式计算出比表面。

① 用迎头法或冲洗法测定吸附等温线。

② 连续流动法（也称热脱附法）。

上述方法中，又以连续流动法应用较广，测量比表面的范围可从 $0.01\sim1000\text{m}^2/\text{g}$，理论上不要求作任何假定，其结果准确度较高。而且在连续流动法中载气的成分与吸附平衡气是一致的，没有死空间的影响。基本原理如下。

固体表面具有较高的过剩自由能，因此，当气体分子碰到固体表面时，会发生吸附作用。据吸附分子与固体表面分子间的作用力的不同，吸附可分为物理吸附与化学吸附，前者是范德华力，而后者为化学键力。显然化学吸附大都是单分子层的，而物理吸附多数是多分子层的。根据多分子层吸附理论，即 BET 吸附等温式，当吸附达到平衡时，有以下关系式：

$$\frac{(p/p_s)}{V(1-p/p_s)}=\frac{1}{V_m C}+\frac{C-1}{V_m C}\cdot\frac{p}{p_s}$$

式中，p 为吸附平衡压力；p_s 为吸附平衡温度下吸附质（即被吸物）的饱和蒸气压；

p/p_s 称为相对压力；V 为在 p/p_s 时的吸附量被换算成标准状况下的气体的体积；V_m 为吸附质在吸附剂表面上形成单分子层时的饱和吸附量（换算成标准状况下的气体的体积）；C 为与吸附热有关的常数。由实验测出不同相对压力 p/p_s 下对应的吸附量 V 值，以 $(p/p_s)/V(1-p/p_s)$ 为纵坐标，以 p/p_s 为横坐标作图，可得一直线，由其斜率与截距可求出 V_m。

若已知表面上每个被吸附分子的截面积，则可计算吸附剂的比表面积 A_S：

$$A_S = V_m N_A \sigma / 22400$$

式中，N_A 为阿伏伽德罗常数；σ 为一个吸附质分子的截面积，N_2 分子为 $16.2 \times 10^{-20} \, m^2$。

值得注意的是，BET 公式仅在相对压力 p/p_s 为 0.05～0.35 范围内适用。更高的相对压力可能发生毛细管凝结。

流动吸附色谱法是用惰性气体 He 或 H_2 作为载气，N_2 作为吸附物。其流程如图 1 所示。

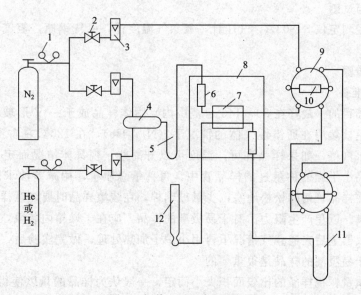

图 1　色谱法测比表面流程图

1—减压阀；2—稳压阀；3—流量计；4—混合器；5—冷阱；6—恒温管；7—热导池；
8—油箱；9—六通阀；10—定体积管；11—样品吸附管；12—皂膜流速计

一定流速的载气和氮气在混合器混合后，依次通过液态氮冷阱、热导池参考臂、平面六通阀、样品管、热导池测量臂，最后经过皂沫流速计放空。另一路氮气作为校准用，流经两个平面六通阀后放空。

两种气体以一定的比例混合使达到指定的相对压力，混合后气体通过热导池的参考臂，然后通过吸附剂（即样品管）到热导池的测量臂，最后经过流量计再放空。在室温下，载气和 N_2 气不被样品吸附。样品管置于液氮杯中时（约 -195℃），样品对混合气中的氮气发生物理吸附，而载气不被吸附，这时记录纸上出现一个吸附峰（见图 2）；当把液氮杯移去。样品管又回到室温环境，被吸附的氮脱附出来。在记录仪上出现与吸附峰方向相反的脱附峰。最后在混合气中注入已知体积的纯氮可得到一个标样峰。据标样峰和脱

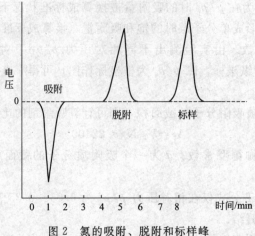

图 2　氮的吸附、脱附和标样峰

附峰的面积可计算出相对压力下样品对氮的吸附量。

三、仪器与试剂

比表面孔径测定仪 ST-03A，气压计，氧蒸气温度计，氮气钢瓶，氢气钢瓶（或氦气钢瓶），液氮。

四、实验步骤

1. 样品的准备

先将适当筛目的（最好在 80～140 目范围内）固体样品放于一 V 形玻璃管中，两端塞以少许玻璃毛，然后在通惰性气体的情况下（N_2、He），在 120℃左右预处理 2～4h，以除去吸附的水汽等，如果样品许可，温度可以升高些，视具体情况而定，待冷至室温后，装适量样品于干燥的称量过的样品管中，再称量总质量，用减差法求出所有样品总量，称好之后在样品管两端松松地塞以少量玻璃棉，在装填样品时要注意样品管的任何截面积都不要填满。以免产生阻力。对于易吸潮的样品，应在干燥箱内装填，并在称量时注意加盖。装在仪器上后在通载气情况下再用小炉子加热处理，做完实验后，再称量一次进行核对，这对于易吸潮的样品是很重要的。

样品的装填量，视样品的比表面积大小而定，一般认为样品的量以使得 N_2 气的吸附量在 5mL 左右为宜，所以比表面大的样品应少取一些，而比表面小的样品应多称一些。

2. 了解气路装置流程（见图 1）。将载气（He 或 H_2）流速调整到约 40mL/min，N_2 为 5mL/min。仪器在通气情况下接通电源，电压表示值 20V，电流表为 100mA；开动记录仪，调整记录调零旋钮，观察基线是否稳定。

3. 将衰减比放在 1/4 处，先使六通阀处于"测试"位置，0.5min 到 1min 后旋至"标定"位置，1min 左右即会在记录仪上出现校准峰。重复几次，观察校准峰的重现性，误差小于 2％后，关氮气阀门。定体积管的体积按出厂标定数值计算。

4. 将烘干的样品称量后，装入样品管内，再把样品管接到气路系统中。将冷阱浸入盛液氮的保温杯中。使六通阀处于"测试"位置。用小电炉将样品加热至 200℃（可根据需要选择加热除气的温度），通载气吹扫半小时后，停止加热，冷至室温。

5. 用皂膜流速计准确测定载气流速，流速控制在 40mL·min^{-1}，并在测定过程中保持不变。

6. 调节氮气流速约 $3mL \cdot min^{-1}$，与载气混合均匀后，用皂膜流速计准确测定混合气总流速。

7. 气体流速和基线均稳定后，可将样品管浸入另一液氮保温杯中，不久会在记录纸上出现吸附峰。等记录笔回到基线后，移走样品管的液氮保温杯，记录纸上出现反向的脱附峰。脱附峰出完后，将六通阀转到"标定"位置，记录下校准峰。

以上完成了一个氮的平衡压力下的吸附量的测定。然后改变氮的流速（每次约增加 $3mL \cdot min^{-1}$），使相对压力保持在 $0.05 \sim 0.35$ 范围，重复测 3 次。

8. 记录实验时的大气压、室温。并用氧蒸气压温度计测定液氮的温度。

五、实验记录与数据处理

以 $(p/p_s)/V(1-p/p_s)$ 为纵坐标，以 p/p_s 为横坐标作图。由直线的斜率和截距求 V_m，然后进一步求吸附剂比表面。

六、思考题

1. 用冷阱净化气体时，能除去什么杂质？

2. 本实验是否需要测"死体积"？

3. 实验步骤中，样品加热至 $200℃$，通载气吹扫半小时是起什么作用的，这相当于静态法的哪一步？

4. 实验中 p/p_s 为何要控制在 $0.05 \sim 0.35$ 范围内？

实验二十九 临界胶束浓度的测定（电导法）

一、实验目的

1. 了解表面活性剂的特性及胶束形成原理。

2. 掌握电导率仪的使用方法。

3. 用电导法测定十二烷基硫酸钠的临界胶束浓度。

二、实验原理

分子结构中，具有明显亲水、亲油"两亲"基团的物质称为表面活性剂，既含有烃基（一般大于 10 个碳原子），又含有亲水的极性基团（离子化的）。表面活性剂分子都是由极性和非极性两部分组成的，可以按离子的类型分二类。

1. 阴离子型表面活性剂：如羧酸盐（肥皂，$C_{17}H_{35}COONa$），烷基磺酸盐 [十二烷基苯磺酸钠，$CH_3(CH_2)_{11}C_6H_5SO_3Na$]。

2. 阳离子型表面活性剂：主要是铵盐，如十二烷基二甲基氯化铵 [$RN(CH_3)_2Cl$]。

3. 非离子型表面活性剂：如聚氧乙烯类 [$R-O-(CH_2CH_2O)_nH$]。

表面活性剂溶入水中后，在低浓度时呈分子状态，并且三三两两地互相把亲油基团聚拢而分散在水中。当溶液浓度增加到一定程度时，许多表面活性物质的分子立刻结合成很大的集团，形成"胶束"。以胶束形式存在于水中的表面活性物质是比较稳定的。表面活性物质在水中形成胶束所需的最低浓度称为临界胶束浓度，以 CMC（critical micelle concentration）表示。在 CMC 点上，由于溶液的结构改变导致其物理及化学性质（如表面张力、电导、渗透压、浊度、光学性质等）与浓度的关系曲线出现明显转折，如图 1 所示。这个现象是测定 CMC 的重要依据，也是表面活性剂的一个重要特征。

这种特征行为可用生成分子聚集体或胶束来说明，如图 2 所示，当表面活性剂溶于水

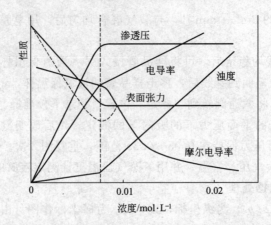

图 1　25℃时十二烷基硫酸钠水溶液的物理性质和浓度的关系

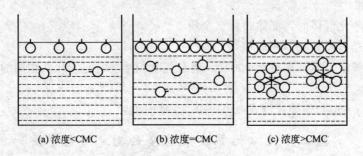

(a) 浓度<CMC　　　　　　(b) 浓度=CMC　　　　　　(c) 浓度>CMC

图 2　胶束形成过程示意图

中后，不但定向地吸附在水溶液表面，而且达到一定浓度时还会在溶液中发生定向排列而形成胶束，表面活性剂为了使自己成为溶液中的稳定分子，有可能采取两种途径：一是把亲水基留在水中，亲油基伸向油相或空气；二是让表面活性剂的亲油基团相互靠在一起，以减少亲油基与水的接触面积。前者就是表面活性剂分子吸附在界面上，其结果是降低界面张力，形成定向排列的单分子膜，后者就形成了胶束。由于胶束的亲水基方向朝外，与水分子相互吸引，使表面活性剂能稳定地溶于水中。随着表面活性剂在溶液中浓度的增长，球形胶束还可能转变成棒形胶束，以至层状胶束。如图 3 所示。后者可用来制作液晶，它具有各向异性的性质。

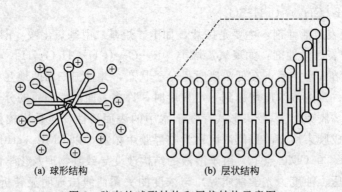

(a) 球形结构　　　　　　　　　(b) 层状结构

图 3　胶束的球形结构和层状结构示意图

利用电导率仅测定不同浓度的十二烷基硫酸钠水溶液的电导率（或摩尔电导率），并作电导率（或摩尔电导率）与浓度的关系图，从图中的转折点即可求得临界胶束浓度。

三、仪器与试剂

电导率仪，容量瓶（100mL），DJS-1A 型铂黑电极，恒温水浴，试管（大）。

氯化钾（A.R.），十二烷基硫酸钠（A.R.）。

四、实验步骤

1. 用电导水准确配置 $0.01mol \cdot L^{-1}$ 的 KCl 标准溶液。

2. 取十二烷基硫酸钠在 80℃ 烘干 3h，用电导水分别准确配制浓度为 $0.002mol \cdot L^{-1}$、$0.004mol \cdot L^{-1}$、$0.006mol \cdot L^{-1}$、$0.007mol \cdot L^{-1}$、$0.008mol \cdot L^{-1}$、$0.009mol \cdot L^{-1}$、$0.010mol \cdot L^{-1}$、$0.012mol \cdot L^{-1}$、$0.014mol \cdot L^{-1}$、$0.016mol \cdot L^{-1}$、$0.018mol \cdot L^{-1}$、$0.020mol \cdot L^{-1}$ $0.01mol \cdot L^{-1}$ 的十二烷基硫酸钠溶液各 100mL。

3. 开通电导率仪和恒温水浴的电源预热 20min。调节恒温水浴温度至 25℃。

4. 用蒸馏水洗净试管和电极。在恒定温度下用 $0.01mol \cdot L^{-1}$ KCl 标准溶液标定电极的电导池常数。

5. 用电导率仪从稀到浓分别测定上述各溶液的电导率。用后一个溶液荡洗存放过前一个溶液的电导电极和容器 3 次以上，各溶液测定前必须恒温 10min，每个溶液的电导率读数 3 次，取平均值。

6. 列表记录各溶液对应的电导率或摩尔电导率。

7. 实验结束后用蒸馏水洗净试管和电极，并且测量所用水的电导率。

五、实验记录与数据处理

作出电导率（或摩尔电导率）与浓度的关系图，从图中转折点处找出临界胶束浓度。

文献值：40℃，$C_{12}H_{25}SO_4Na$ 的 CMC 为 $8.7 \times 10^{-3}mol \cdot L^{-1}$。

六、思考题

1. 若要知道所测得的临界胶束浓度是否准确，可用什么实验方法验证之？

2. 表面活性剂分子与胶束之间的平衡与温度和浓度有关：

$$-\frac{\mathrm{d}\ln c_{CMC}}{\mathrm{d}T} = -\frac{\Delta H}{2RT^2}$$

式中，ΔH 为溶解焓，如何求？

七、讨论

表面活性剂的渗透、润湿、乳化、去污、分散、增溶和起泡作用等基本原理被广泛应用于石油、煤炭、机械、化学、冶金材料及轻工业、农业生产中。研究表面活性剂溶液的物理化学性质——表面性质（吸附）和内部性质（胶束形成）有着重要意义。而临界胶束浓度可以作为表面活性剂的表面活性的一种量度。因为 CMC 越小，表示该表面活性剂形成胶束所需浓度越低，达到表面（界面）饱和吸附的浓度也越低。因而改变表面性质起到润湿、乳化、增溶和起泡等作用所需的浓度也越低。此外，临界胶束浓度又是表面活性剂溶液性质发生显著变化的一个"分水岭"。因此表面活性剂的大量研究工作都与各种体系中的 CMC 测定有关。测定 CMC 的方法很多，常用的有表面张力法、电导法、染料法、增溶作用法和光散射法等。这些方法，原则上都是从溶液的物理化学性质随浓度变化关系出发求得。其中表面张力法和电导法比较简便准确。表面张力法除了可求得 CMC 之外，还可以求出表面吸附等温线。此法还有一优点，就是无论对于高表面活性剂还是低表面活性的表面活性剂，其 CMC 的测定都具有相似的灵敏度，此法不受无机盐的干扰，也适合非离子型表面活性剂的测定。电导法是个经典方法，简便可靠。但只限于离子型表面活性剂，此法对于有较高活性的表面活性剂准确性较高，但过量无机盐存在会降低测定灵敏度，因此配制溶液应该用电导水。

结构参数的测定

实验三十　偶极矩的测定

一、实验目的
1. 掌握溶液法测定偶极矩的方法。
2. 了解偶极矩与分子电性质的关系。

二、实验原理
1. 偶极矩与极化度

分子可视为一个电荷系统，虽然整体呈电中性，但由于空间构型的不同，正负电荷中心可能重合，也可能不重合，前者称为非极性分子，后者称为极性分子。分子的极性大小可用偶极矩 μ 来表征。两个大小相等、符号相反的电荷系统的偶极矩（也称电偶极矩，图 1）定义为：

$$\mu = qd \tag{1}$$

式中，q 是电荷量；d 为正负电荷中心之间的距离。偶极矩 μ 是一个向量，化学上规定它的方向为从正电荷到负电荷，而物理上恰恰相反。因分子中原子核间距离的数量级为 10^{-10} m，电子电荷的数量级为 10^{-19} C，所以偶极矩的数量级是 10^{-29} C·m。习惯上把 10^{-18} c·g·s 单位作为偶极矩的单位，称之为"Debye"，以 D 表示（$1D = 3.33564 \times 10^{-30}$ C·m）。例如，硝基苯的偶极矩为 3.9D，氯代苯为 1.58D，水为 1.85D。

图 1　偶极矩的定义

在电场的作用下，非极性分子的正负电荷中心也可能变为不重合，产生的偶极矩称诱导偶极矩。当然，在电场的作用下，极性分子也可产生诱导偶极矩（由正负电荷中心间距离增大而致）。相应地，分子在没有外电场存在时就有的偶极矩称固有偶极矩或永久偶极矩。通常情况下，人们所指的分子的偶极矩 μ 都是指固有偶极矩，因此，极性分子具有偶极矩，而非极性分子偶极矩 $\mu = 0$。

在没有外加电场时，由于分子的热运动，偶极矩指向各个方向的机会均等，所以偶极矩的统计值等于零。但存在外加电场时，情况就不同了，无论是固有偶极矩还是诱导偶极矩都会在电场中趋向电场方向排列，使分子沿电场方向作定向移动，同时分子中的电子云对分子骨架发生相对移动，分子骨架也会发生变形，这时我们称分子被极化了。极化的程度可用摩尔极化度 P 来衡量。摩尔极化度 P 的定义为：

$$P = \frac{\varepsilon - 1}{\varepsilon + 2} \frac{M}{\rho} \tag{2}$$

式中，ε 为介电常数；M 是摩尔质量；ρ 为密度。

分子因固有偶极矩的转向而极化称为摩尔转向极化度 $P_{转向}$，因诱导偶极矩所导致的为诱导极化或变形极化，用摩尔变形极化度 P_D 来表示，因此

$$P = P_{转向} + P_D \tag{3}$$

根据 Debye 理论，$P_{转向}$ 与固有偶极矩 μ 的平方成正比，与绝对温度 T 成反比：

$$P_{转向} = \frac{4}{9} \pi L \frac{\mu^2}{kT} \tag{4}$$

式中，k 为玻耳兹曼常数；L 为阿伏伽德罗常数。

对于非极性分子，因 $\mu = 0$，其 $P_{转向} = 0$，所以 $P = P_D$。

本实验分别测定摩尔极化度 P 和变形极化度 P_D，由（3）式算出 $P_{转向}$，带入（4）式得到分子的偶极矩 μ。

分子偶极矩测定的一个重要应用，是确定分子的对称性。单原子分子和同核双原子分子的偶极矩为 0，所以分别为球形对称和直线形对称的。三原子分子 CO_2 的偶极矩为 0，故为直线对称；H_2O、SO_2 和 H_2S 的偶极矩不为 0，故不是直线形的。当忽略分子内化学键的相互影响时，可认为分子的偶极矩是各个化学键的键矩的向量和，因此由偶极矩的值能知道分子构造和分子内旋转的情况，例如由偶极矩的大小可以区别二取代苯的三种取代产物（o, m, p）。

2. 溶液法测定偶极矩

所谓溶液法就是将极性待测物溶于非极性溶剂中进行测定，然后外推到无限稀释。因为在无限稀的溶液中，极性溶质分子所处的状态与它在气相时十分相近，可以消除溶质分子间的相互作用，但溶剂与溶质间的相互作用不能消除。

（1）摩尔极化度 P 的测定

在溶剂和溶质间没有特殊的力作用的情况下，极化的加和性成立，溶液的分子极化 P_{12} 可以用下式来表示：

$$P_{12} = xP_2 + (1-x)P_1 \tag{5}$$

式中，下标 1、2、12 分别表示与溶剂、溶质、溶液有关的量；x 为溶质的摩尔分数。于是：

$$P_2 = \frac{P_{12} - (1-x)P_1}{x} \tag{6}$$

假定在稀溶液范围之内非极性溶剂的摩尔极化度 P_1 不随浓度变化，且等于纯态下的摩尔极化度 P_1^0，由（2）式

$$P_1 = P_1^0 = \frac{\varepsilon_1 - 1}{\varepsilon_1 + 2} \frac{M_1}{\rho_1} \tag{7}$$

类似，溶液的摩尔极化度 P_{12} 由测定溶液介电常数 ε_{12} 和密度 ρ_{12} 来计算：

$$P_{12} = \frac{\varepsilon_{12} - 1}{\varepsilon_{12} + 2} \frac{xM_2 + (1-x)M_1}{\rho_{12}} \tag{8}$$

把（7）式、（8）式两式带入（6）式就可算得浓度为 x 的溶液中溶质的摩尔极化度 P_2。若测定不同浓度溶液中的溶质的摩尔极化度 P_2，以 P_2 对 x 作图，如图 2 所示，外推到无限稀释，此时溶质的摩尔极化度 P_2^∞ 就可看作（3）式中的 P：

$$P = P_2^\infty = \lim_{x \to 0} P_2 \tag{9}$$

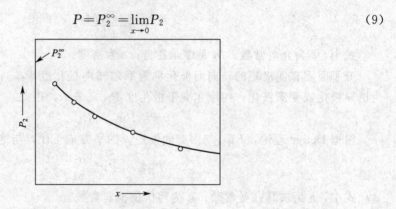

图 2 确定无限稀释时溶质的极化 P_2^∞

（2）变形极化度 P_D 的测定

变形极化度 P_D 本来是由（2）式给出的物理量，但利用 Maxwell 关系式 $\varepsilon = n^2$（n 为与光的频率有关的折射率），往往采用纯物质液体的摩尔折射率 R_2 来近似：

$$P_D \approx R_2 = \frac{n_2^2 - 1}{n_2^2 + 2} \times \frac{M_2}{\rho_2} \tag{10}$$

（3）介电常数的测定

介电常数 ε 是通过测量电容计算而得到：

$$\varepsilon = C/C_0$$

式中，C_0 为电容器在真空时的电容；C 为充满待测液时的电容，由于空气的电容非常接近于 C_0，故上式改写成：

$$\varepsilon = C/C_空 \tag{11}$$

本实验利用电桥法测定电容，其桥路为变压器比例臂电桥，如图 3 所示，电桥平衡的条件是：

$$\frac{C'}{C_s} = \frac{U_s}{U_x} \tag{12}$$

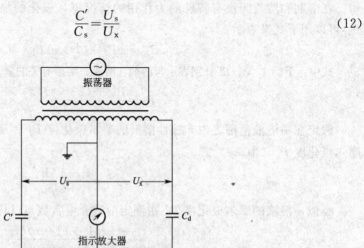

图 3 电容电桥示意图

式中，C' 为电容池两极间的电容；C_s 为标准差动电器的电容。调节差动电容器，当 $C' = C_s$ 时，$U_s = U_x$，此时指示放大器的输出趋近于零。C_s 可从刻度盘上读出，这样 C'

即可测得。由于整个测试系统存在分布电容，所以实测的电容 C' 是样品电容 C 和分布电容 C_d 之和，即

$$C' = C + C_d \tag{13}$$

显然，为了求 C 首先就要确定 C_d 值，方法是：先测定无样品时空气的电容 $C'_空$，则有

$$C'_空 = C_空 + C_d \tag{14}$$

再测定一已知介电常数（$\varepsilon_标$）的标准物质的电容 $C'_标$，则有：

$$C'_标 = C_标 + C_d = \varepsilon_标 C_空 + C_d \tag{15}$$

由（14）式和（15）式可得：

$$C_d = \frac{\varepsilon_标 C'_空 - C'_标}{\varepsilon_标 - 1} \tag{16}$$

将 C_d 代入（13）式和（14）式即可求得 $C_溶$ 和 $C_空$。这样就可计算待测液的介电常数。

三、仪器与试剂

小电容测量仪 1 台，阿贝折光仪 1 台，电吹风 1 只，比重瓶（10mL）1 只。

环己烷（A. R.），正丁醇（A. R.）。

四、实验步骤

1. 溶液样品的配置

在 100mL 磨口锥形瓶中，准确配置五种正丁醇-环己烷溶液，其摩尔分数分别为 0.04，0.08，0.12，0.20 和 0.30。

2. 电容的测定

（1）将 PCM-1A 精密电容测量仪通电，预热 20min。

（2）将电容仪与电容池连接线先接一根（只接电容仪，不接电容池），调节零电位器使数字表头指示为零。

（3）将两根连接线都与电容池接好，此时数字表头上所示值即为 $C'_空$ 值。

（4）用 2mL 移液管移取 2mL 环己烷加入到电容池中，盖好，数字表头上所示值即为 $C'_标$。

（5）将环己烷倒入回收瓶中，用冷风将样品室吹干后再测 $C'_空$ 值，与前面所测的 $C'_空$ 值应小于 0.05pF，否则表明样品室有残液，应继续吹干，然后装入溶液，同样方法测定五份溶液的 $C'_溶$。

3. 密度的测定

用比重瓶分别测定正丁醇、环己烷和五份溶液的密度。

4. 折射率的测定

用阿贝折光仪测定正丁醇的折射率。

五、实验记录与数据处理

1. 将所测数据列表。

2. 根据（16）式和（14）式计算 C_d 和 $C_空$。其中环己烷的介电常数与温度 t 的关系式为：

$$\varepsilon_标 = 2.023 - 0.0016(t - 20)。$$

3. 根据（13）式和（11）式计算 $C_溶$ 和 $\varepsilon_溶$。

4. 根据（7）式、（8）式和（6）式计算 P_1、P_2 和 P_{12}，作 P_2-x 图，由（9）式计算 P。分别作 $\varepsilon_溶$-x_2 图、$\rho_溶$-x_2 图和 $n_溶$-x_2 图，由各图的斜率求 α、β、γ。

5. 根据（10）式计算 P_D，（3）式计算 $P_{转向}$。

6. 最后由（4）式求算正丁醇的 μ。

六、思考题

1. 本实验测定偶极矩时做了哪些近似处理？

2. 准确测定溶质的摩尔极化度时，为何要外推到无限稀释？

实验三十一　磁化率的测定

一、实验目的

1. 掌握古埃（Gouy）法测定磁化率的原理和方法。

2. 了解磁化率和分子配键类型的关系。

二、实验原理

1. 磁化率

把物体放在磁场中，一般物体就带磁性，称之为磁化。磁化强度 $\vec{M}$ 用单位体积的磁矩表示，与外磁场强度 H 成正比：

$$\vec{M} = \chi \vec{H} \tag{1}$$

把比例系数 χ 叫做物质的体积磁化率。在化学上常用质量磁化率 χ_m 或摩尔磁化率 χ_M 来表示：

$$\chi_m = \frac{\chi}{\rho} \tag{2}$$

$$\chi_M = M \cdot \chi_m = \frac{\chi \cdot M}{\rho} \tag{3}$$

式中，ρ、M 分别是物质的密度和摩尔质量。

物质的磁性根据在静磁场中的行为可作如下的分类。

（1）反磁性

磁化的方向和外磁场方向相反，即在削弱外磁场的方向上被磁化。反磁性存在于一切物质中，$\chi_反 < 0$。这是由于内部电子的轨道运动，在外磁场作用下会产生拉摩进动，根据 Lenz 规则，感生出一个与外磁场方向相反的诱导磁矩。

（2）顺磁性

和外磁场相同方向被磁化时叫做顺磁性，$\chi_顺 > 0$。当分子、原子或离子的两个自旋状态电子数不相等，即有未成对电子时，物质就具有永久磁矩。由于热运动，永久磁矩指向各个方向的机会相同，所以该磁矩的统计值等于零。在外磁场作用下，具有永久磁矩的分子、原子或离子的永久磁矩会顺着外磁场的方向排列，其磁化方向与外磁场相同，磁化强度与外磁场强度成正比，表现为顺磁性。因此，顺磁性是物质具有永久磁矩而导致的，顺磁化率与分子永久磁矩 μ_m 的关系服从居里定律

$$\chi_顺 = \frac{L \mu_m^2 \mu_0}{3kT} \tag{4}$$

式中，L 为阿佛伽德罗常数；k 为波耳兹曼常数；T 为绝对温度；μ_0 为真空磁导率，其数值等于 $4\pi \times 10^{-7} N \cdot A^{-2}$。

（3）铁磁性和反铁磁性

在外磁场方向强烈地磁化，并且当外磁场消失后，还显示出剩余磁化的叫铁磁性。铁、镍、钴等是代表性实例。产生铁磁性是由于电子自旋，通过电子的交换作用定向的缘故。由于相互作用的形式不同，邻接自旋磁矩相互反向定向，因此，整体不显示自发磁化的，称之为反铁磁性。

2. 分子磁矩与磁化率

顺磁性物质的摩尔磁化率 χ_M 是摩尔顺磁化率与摩尔反磁化率之和，即：

$$\chi_M = \chi_{顺} + \chi_{反} \tag{5}$$

把（4）式代入，得：

$$\chi_M = \frac{L\mu_m^2\mu_0}{3kT} + \chi_{反} \tag{6}$$

由于 $\chi_{反}$ 不随温度变化（或变化极小），所以只要测定不同温度下的 χ_M 并对 $1/T$ 作图，截距即为 $\chi_{反}$，由斜率可求 μ_m。

对于顺磁性物质，$\chi_{顺} \gg |\chi_{反}|$，在不很精确的测量中可忽略 $\chi_{反}$，作近似处理为：

$$\chi_M = \chi_{顺} = \frac{L\mu_m^2\mu_0}{3kT} \tag{7}$$

物质的永久磁矩 μ_m 与它所含有的未成对电子数 n 的关系为：

$$\mu_m = \mu_B \sqrt{n(n+2)} \tag{8}$$

式中，μ_B 为玻尔磁子，其物理意义是单个自由电子自旋所产生的磁矩：

$$\mu_B = \frac{eh}{4\pi \cdot m_e} = 9.274 \times 10^{-24} \text{J} \cdot \text{T}^{-1} \tag{9}$$

式中，h 为普朗克常数；m_e 为电子质量。因此，只要实验测得 χ_M，即可求出 μ_m，算出未成对电子数 n。这对于研究某些原子或离子的电子组态，以及判断络合物分子的配键类型是很有意义的。

络合物分为电价络合物和共价络合物。电价络合物中心离子的电子结构不受配位体的影响，基本上保持自由离子的电子结构，靠静电库仑力与配位体结合，形成电价配键。在这类络合物中，含有较多的自旋平行电子，所以是高自旋配位化合物。共价络合物则以中心离子空的价电子轨道接受配位体的孤对电子，形成共价配键，这类络合物形成时，往往发生电子重排，自旋平行的电子相对减少，所以是低自旋配位化合物。例如 Co^{3+} 其外层电子结构为 $3d^6$，在络离子 $(CoF_6)^{3-}$ 中，形成电价配键，电子排布为：

（a）

此时，未配对电子数 $n=4$，$\mu_m = 4.9\mu_B$。Co^{3+} 以上面的结构与 6 个 F^- 以静电力相吸引形成电价配合物。而在 $[Co(CN)_6]^{3-}$ 中则形成共价配键，其电子排布为：

（b）

此时，$n=0$，$\mu_m=0$。Co^{3+} 将 6 个电子集中在 3 个 3d 轨道上，6 个 CN^- 的孤对电子进入 Co^{3+} 的六个空轨道，形成共价配合物。

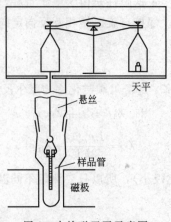

图 1 古埃磁天平示意图

天平

悬丝

样品管

磁极

3. 磁化率的测定

古埃法测定磁化率装置如图 1 所示。将装有样品的圆柱形玻管悬挂在两磁极中间，使样品底部处于两磁极的中心（亦即磁场强度最强区域），样品的顶部则位于磁场强度最弱，甚至为零的区域。这样，样品就处于一不均匀的磁场中。设样品的截面积为 A，沿样品管长度方向上 dl 长度的体积 Adl 在非均匀磁场中所受到的作用力 dF 为：

$$dF=\chi\mu_0 HAdl\frac{dH}{dl}=\chi\mu_0 HAdH \tag{10}$$

式中，$\dfrac{dH}{dl}$ 为磁场强度梯度。对于顺磁性物质，该作用力指向磁场强度最大的方向，反磁性物质则指向磁场强度弱的方向，当不考虑样品周围介质（如空气，其磁化率很小）和 H_0 的影响时，整个样品所受的力为：

$$F=\int_H^0 \chi\mu_0 HAdH=\frac{1}{2}\chi\mu_0 H^2 A \tag{11}$$

当样品受到磁场作用力时，天平的另一臂加减砝码使之平衡，设 Δm 为施加磁场前后的质量差，则：

$$F=g\Delta m=g(\Delta m_{空管+样品}-\Delta m_{空管}) \tag{12}$$

由于 $\chi=\dfrac{\chi_M\rho}{M}$，$\rho=\dfrac{m}{l\cdot A}$，代入(10)式、(11)式整理得

$$\chi_m=\frac{2(\Delta m_{空管+样品}-\Delta m_{空管})l\cdot g\cdot M}{\mu_0 mH^2} \tag{13}$$

式中，l 为样品高度；m 为样品质量；M 为样品摩尔质量；ρ 为样品密度；μ_0 为真空磁导率。

磁场强度 H 可用"特斯拉计"测量，或用已知磁化率的标准物质进行间接测量。例如用莫尔盐 $[(NH_4)_2SO_4\cdot FeSO_4\cdot 6H_2O]$，已知莫尔盐的 χ_m 与热力学温度 T 的关系式为：

$$\chi_{m}=\frac{9500}{T+1}\times4\pi\times10^{-9}\,\mathrm{m^3 \cdot kg^{-1}} \tag{14}$$

三、仪器与试剂

古埃磁天平（包括电磁铁，电光天平，励磁电源）1套，特斯拉计1台，软质玻璃样品管4只，样品管架1个，直尺1只，角匙4只，广口试剂瓶4只，小漏斗4只。

莫尔氏盐 $[(NH_4)_2SO_4 \cdot FeSO_4 \cdot 6H_2O（A.R）]$，$FeSO_4 \cdot 7H_2O（A.R.）$，$K_3Fe(CN)_6(A.R.)$，$K_4Fe(CN)_6 \cdot 3H_2O(A.R.)$。

四、实验步骤

将特斯拉计的探头放入磁铁的中心架中，套上保护套，调节特斯拉计的数字显示为"0"。除下保护套，把探头平面垂直置于磁场两极中心，打开电源，调节"调压旋钮"，使电流增大至特斯拉计上显示约"0.3T"，调节探头上下、左右位置，观察数字显示值，把探头位置调节至显示值为最大的位置，此乃探头最佳位置。用探头沿此位置的垂直线测定离磁铁中心的高度 H_0，这也就是样品管内应装样品的高度。关闭电源前，应调节调压旋钮使特斯拉计数字显示为零。

用莫尔氏盐标定磁场强度。取一支清洁的干燥的空样品管悬挂在磁天平的挂钩上，使样品管正好与磁极中心线齐平（样品管不可与磁极接触，并与探头保持适当的距离）。准确称取空样品管质量（$H=0$）时，得 $m_1(H_0)$；调节旋钮，使特斯拉计数显为"0.300T"（H_1），迅速称量，得 $m_1(H_1)$，逐渐增大电流，使特斯拉计数显为"0.350T"（H_2），称量得 $m_1(H_2)$，然后略微增大电流，接着退至（0.350T）H_2，称量得 $m_2(H_2)$，将电流降至数显为"0.300T"（H_1）时，再称量得 $m_2(H_1)$，再缓慢降至数显为"0.000T"（H_0），又称取空管质量得 $m_2(H_0)$。这样调节电流由小到大，再由大到小的测定方法是为了抵消实验时磁场剩磁现象的影响。

$$\Delta m_{空管}(H_1)=\frac{1}{2}[\Delta m_1(H_1)+\Delta m_2(H_1)] \tag{15}$$

$$\Delta m_{空管}(H_2)=\frac{1}{2}[\Delta m_1(H_2)+\Delta m_2(H_2)] \tag{16}$$

式中　$\Delta m_1(H_1)=m_1(H_1)-m_1(H_0)$；$\Delta m_2(H_1)=m_2(H_1)-m_2(H_0)$；

　　　$\Delta m_1(H_2)=m_1(H_2)-m_1(H_0)$；$\Delta m_2(H_2)=m_2(H_2)-m_2(H_0)$。

取下样品管用小漏斗装入事先研细并干燥过的莫尔氏盐，并不断让样品管底部在软垫上轻轻碰击，使样品均匀填实，直至所要求的高度，（用尺准确测量），按前述方法将装有莫尔盐的样品管置于磁天平上称量，重复称空管时的路程，分别得到：$m_{1空管+样品}(H_0)$，$m_{1空管+样品}(H_1)$，$m_{1空管+样品}(H_2)$，$m_{2空管+样品}(H_2)$，$m_{2空管+样品}(H_1)$，$m_{2空管+样品}(H_0)$。求出 $\Delta m_{空管+样品}(H_1)$ 和 $\Delta m_{空管+样品}(H_2)$。

同一样品管中，同法分别测定 $FeSO_4 \cdot 7H_2O$，$K_3Fe(CN)_6$ 和 $K_4[Fe(CN)_6] \cdot 3H_2O$ 的 $\Delta m_{空管+样品}(H_1)$ 和 $\Delta m_{空管+样品}(H_2)$。

测定后的样品均要倒回试剂瓶，可重复使用。

五、实验记录与数据处理

1. 将所测数据列表。

样品名称	$m_{空管}$ $(H=0)$/g	$m_{空管}$ $(H=H)$/g	$\Delta m_{空管}$ /g	$m_{空管+样品}$ $(H=0)$/g	$m_{空管+样品}$ $(H=H)$/g	$\Delta m_{空管+样品}$ /g	$m_{样品}$ /g	样品高度 l /cm

2. 由莫尔盐的单位质量磁化率和实验数据计算磁场强度值。

3. 计算 $FeSO_4 \cdot 7H_2O$、$K_3Fe(CN)_6$ 和 $K_4Fe(CN)_6 \cdot 3H_2O$ 的 χ_m、μ_m 和未成对电子数。

4. 根据未成对电子数讨论 $FeSO_4 \cdot 7H_2O$ 和 $K_4Fe(CN)_6 \cdot 3H_2O$ 中 Fe^{2+} 的最外层电子结构以及由此构成的配键类型。

六、思考题

1. 本实验在测定 χ_M 时作了哪些近似处理？

2. 样品的填充高度和密度以及在磁场中的位置有何要求？如果样品填充高度不够，对测量结果有何影响？

附　　录

Ⅰ　常用仪器的使用

DDS-11A 型电导率仪

一、用途

DDS-11A 型电导率仪是实验室电导率测量仪表，它除能测定一般液体的电导率外，也能满足测量高纯水电导率的需要。仪器有 $0\sim10\text{mV}$ 信号输出，可接自动电子电位差计进行连续记录。

二、技术性能

1. 测量范围：$0\sim105\mu\text{S/cm}$。

2. 基本误差：除量程 $0\sim0.1\mu\text{S/cm}\leqslant2\%$ 外，其余各量程均 $\leqslant1.5\%$。

3. 信号输出：$10\text{mV}\pm0.5\%$。

4. 工作条件

(1) 空气温度：$5\sim40℃$。

(2) 空气相对湿度：$50\%\sim85\%$。

(3) 供电电压：$220\text{V}\pm10\%$，$50\text{Hz}\pm2\%$。

5. 消耗动率：$<1.5\text{W}$。

三、结构

仪器的电讯元件全部安装在面板上，电路元件集中地安装在一块印刷板上，印刷板被固定在面板之反面，仪器的外形见图 1。

四、使用方法

1. 未开电源前，观测表针是否为零，若不为为零，可调整表头上的螺丝，使表针为零。

2. 将校正、测量开关 K_2 扳在"校正"位置。

3. 插接电源线，打开电源开关，并预热数分钟（待指针完全稳定下来为止）调节"调正"键使表针满度指示。

4. 当测量电导率低于 $300\mu\text{S/cm}$ 的液体时，选用"低周"，这时将 K_3 扳向"低周"即可。当测量电导率在 $300\mu\text{S/cm}$ 至 $10^5\mu\text{S/cm}$ 范围的液体时，则将 K_3 扳向"高周"。

5. 将量程选择开关 K_1 扳到所需要的测量范围，如预先不知被测液电导率的大小，应先把其扳在最大电导率测量挡，然后逐挡下降，以防表针打弯。

6. 电极的使用：使用时用电极夹夹紧电极的胶木帽，并通过电极夹把电极固定在电极杆上。

(1) 当被测液的电导率低于 $10\mu\text{S/cm}$，使用 DJS-1 型光亮电极，这时应把 R_{w2} 调节在

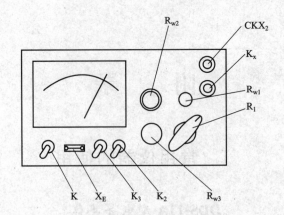

图 1　　DDS-11A 型电导率仪

K$_3$—高周、低周开关；K$_2$—校正、测量开关；R$_{w3}$—校正调节键；R$_{w2}$—电极常数调
节键；R$_1$—量程选择开关；R$_{w1}$—电容补偿调节键；Kx—电极插口；
CKX$_2$—10mV 输出插口；K—电源开关；X$_E$—氖炮

与所配套的电极的常数相对应的位置上。例如，若配套的电极的常数为 0.95，则应把
R$_{w2}$ 调节在 0.95 处，又如若配套电极常数为 1.1，则应把 R$_{w2}$ 调节在 1.1 的位置上。

（2）当被测液的电导率在 $10 \sim 10^4 \mu S/cm$ 范围，则使用 DJS-1 型铂黑电极。与（1）
相同应把 R$_{w2}$ 调节在与所配套的电极的常数相对应的位置上。

（3）当被测液的电导率大于 $10^4 \mu S/cm$，以至用 DJS-1 型电极测不出时，则选用 DJS-10 型
铂黑电极。这时应把 R$_{w2}$ 调节在与所配套的电极的常数的 1/10 位置上。例如；若电极的常数
为 9.8，则应使 R$_{w2}$ 指在 0.98 位置上。再将测得的读数乘以 10，即为被测液的电导率。

7. 将电极插头插入电极插口内，旋紧插口上的紧固螺丝，再将电极浸入待测溶液中。

8. 接着校正（当所测电导率低于 $300 \mu S/cm$ 时，校正时 K$_3$ 扳在低周。当所测电导率
在 $300 \mu S/cm$ 至 $10^5 \mu S/cm$ 范围时，则校正时 K$_3$ 扳向高周），即将 K$_2$ 扳在"校正"，调节
R$_{w3}$ 使指示正好满度。

9. 此后，将 K$_2$ 扳向测量，这时指示数乘以量程开关 K$_1$ 的倍率即为被测液的实际电导率。
例如 K$_1$ 扳在 $0 \sim 0.1 \mu S/cm$ 一挡，指针指示为 0.6，则被测液的电导率为 $0.06 \mu S/cm$，又如
K$_1$ 扳在 $0 \sim 100 \mu S/cm$ 一挡，指针指示为 0.9，则被测液的电导率为 $90 \mu S/cm$，其余类推。

10. 当用 $0 \sim 0.1 \mu S/cm$ 或 $0 \sim 0.3 \mu S/cm$ 这两挡测量高纯水时，先把电极引线插入电极
插孔，在电极未浸入溶液之前，调节 R$_{w1}$ 使指针指示为最小值（此最小值即电极铂片间的漏
电阻，由于此漏电阻的存在，使得调 R$_{w1}$ 时指针不能达到零点）。然后，开始测量。

11. 如果要了解在测量过程中电导率的变化情况，把 10mV 输出接至自动电子电位差计
即可。

12. 当量程开关 K$_1$ 扳在"X 0.1"，K$_3$ 扳在低周，但电导池插口未插接电极时，电表
就有指示，这是正常现象，因电极插口及接线有电容存在。只要调节"电容补偿"便可将
此指示调为零，但不必这样做，只须待电极引线插入插口后，再将指示调为最小值即可。

13. 同一量程表中分上下两种刻度，上面的一条刻度为 $0 \sim 1.0$，而下面的一条刻度为
$0 \sim 3$，读数时必须分清。

五、注意事项

1. 电极的引线不能潮湿，否则将测不准。

2. 高纯水被盛入容器后应迅速测量，否则电导率降低很快，因为空气中的 CO_2 溶入水里，变成 CO_3^{2-}。

3. 盛被测溶液的容器必须清洁，无离子沾污。

DDS-307 型电导率仪

一、用途

DDS-307 型数字式实验室电导率仪适用于测定一般液体的电导率，若配用适当的电导电极，还可用于电子工业、化学工业、制药工业、核能工业、电站和电厂测量纯水或高纯水的电导率，且能满足蒸馏水、饮用水、矿泉水、锅炉水纯度测定的需要。本仪器的主要特点如下：

数字显示，测量精度高，显示清晰；

有溶液的手动温度补偿；

除 A/D 转换外，仅用一块集成电路，可靠性好；

操作方便，便于用户使用。

二、技术性能

1. 测量范围：$0 \sim 10^5 \mu S /cm$。

2. 测量误差：$\leqslant \pm 1\%$（满量程）。

3. 介质的温度补偿：手动温补（基准 25℃）及不补偿两种方式，温度补偿范围 $15 \sim 35℃$。误差 $\pm 1\%$（满量程）。

4. 电极常数：$0.01 cm^{-1}$，$0.1 cm^{-1}$，$1 cm^{-1}$ 及 $10 cm^{-1}$ 四种。

5. 消耗功率：$\leqslant 5W$。

6. 输出：$0 \sim 10 mV$。

7. 工作条件

(1) 空气温度：$5 \sim 40℃$。

(2) 空气相对湿度：$50\% \sim 85\%$。

(3) 供电电压：$220V \pm 10\%$，$50Hz \pm 2\%$。

三、结构

仪器各器件及各调节器功能请见图 2。

四、使用方法

1. 电极的选用：根据测量电导率（电阻率）的高低，选用不同常数的电导电极。

2. 调节"温度"旋钮：用温度计测出被测介质的温度后，把"温度"旋钮置于相应的介质温度刻度上。

注：若把旋钮置于 25℃ 线上，即为基准温度下补偿，也即无补偿方式。

3. "常数选择"开关的位置

(1) 若选用 $0.01 cm^{-1} \pm 20\%$ 常数的电极则置于 0.01 处。

(2) 若选用 $0.1 cm^{-1} \pm 20\%$ 常数的电极则置于 0.1 处。

(3) 若选用 $1 cm^{-1} \pm 20\%$ 常数的电极则置于 1 处。

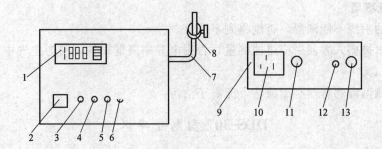

图 2　DDS-307 型电导率仪

1—显示屏；2—电源开关；3—温度补偿调节器；4—常数选择开关；5—校正钮；

6—量程开关；7—电极支架；8—固定圈；9—后面板；10—三芯电源插座；

11—保险丝管座；12—输出插口；13—电极插座

（4）若选用 $10cm^{-1} \pm 20\%$ 常数的电极则置于 10 处。

4. 常数的设定及"校准"调节（量程开关置于"检查"挡）

（1）对 $0.01cm^{-1}$ 钛合金电极，电极选择开关置于 0.01 处；若常数为 0.0095 则调节"校正"钮使显示值为 0.950。

（2）对 $0.1cm^{-1}$ 常数的 DJS-0.1C 型光亮电极，电极选择开关置于 0.1 处；若常数为 0.095 则调节"校正"钮使显示值为 9.50。

（3）对 $1cm^{-1}$ 常数的 DJS-1C 型电极，电极选择开关置于 1 处；若常数为 0.95 则调节"校正"钮使显示值为 95.0。

（4）对 $10cm^{-1}$ 常数的 DJS-10C 型电极，电极选择开关置于 10 处；若常数为 9.5 则调节"校正"钮使显示值为 950。

5. 把"量程"开关扳在测量挡，使显示值尽可能在 100～1000 之间。

6. 同时把电极插头插入插座，使插头之凹槽对准插座之凸槽，然后用食指按一下插头顶部，即可插入（拔出时捏住插头之下部，往上一拔即可）。然后把电极浸入介质，进行测量。

五、注意事项

1. 在测量高纯水时应避免污染。

2. 因温度补偿系采用固定的 2% 的温度系数补偿的，故对高纯水测量尽量采用不补偿方式进行测量后查表。

3. 为确保测量精度，电极使用前应用小于 $0.5\mu S/cm$ 的蒸馏水（或去离子水）冲洗二次，然后用被测试样冲洗三次后方可测。

4. 电极插头座绝对防止受潮。

5. 电极应定期进行标定常数。

WZZ-2 型旋光仪

一、用途

旋光仪是测定物质旋光度的仪器。通过对样品旋光度的测定，可以分析确定物质的浓度、含量及纯度等。WZZ-2 型自动旋光仪采用光电检测自动平衡原理，进行自动测量，测量结果由数字显示。它既保持了 WZZ-1 自动指示旋光仪稳定可靠的优点，又弥补了它的读数不方便的缺点，具有体积小、灵敏度高、读数方便等特点。对目视旋光仪难以分析的低旋光度样品也能适应。因此，广泛用于医药、食品、有机化工等各个领域。

二、技术性能

1. 测定范围：$-45 \sim +45°$。

2. 准确度：$\pm(0.01° + 测量值 \times 0.05\%)$。

3. 读数重复性：$\leqslant 0.01°$。

4. 显示方式：自动数字显示，最小读数：$0.005°$。

5. 光源：钠单色光源，波长：589.44nm。

6. 试管：200mm，100mm 两种。

7. 电源：$220V \pm 22V$，$50Hz \pm 1Hz$。

三、使用方法

1. 将仪器电源插头插入 220V 交流电源［要求使用交流电子稳压器（1kVA）］，并将接地脚可靠接地。

2. 打开电源开关，这时钠光灯应启亮，需经 5min 钠光灯预热，使之发光稳定。

3. 打开电源开关（若光源开关扳上后，钠光灯熄灭，则再将光源开关上下重复扳动一到二次，使钠光灯在直流下点亮，为正常）。

4. 打开测量开关，这时数码管应有数字显示。

5. 将装有蒸馏水或其他空白溶剂的试管放入样品室，盖上箱盖，待示数稳定后，按清零按钮。试管中若有气泡，应先让气泡浮在凸颈处；通光面两端的雾状水滴，应用软布揩干。试管螺帽不宜旋得过紧，以免产生应力，影响读数。试管安放时应注意标记的位置和方向。

6. 取出试管。将待测样品注入试管，按相同的位置和方向放入样品室内，盖好箱盖。仪器数显窗将显示出该样品的旋光度。

7. 逐次揿下复测按钮，重复读几次数，取平均值作为样品的测定结果。

8. 如样品超过测量范围，仪器在 ± 45 处来回振荡。此时取出试管，仪器即自动转回零位。

9. 仪器使用完毕后，应依次关闭测量、光源、电源开关。

10. 钠灯在直流供电系统出现故障不能使用时，仪器也可在钠灯交流供电的情况下测试，但仪器的性能可能略有降低。

11. 当放入小角度样品（小于 $0.5°$）时，示数可能变化，这时只要按复测按钮，便会出现新的数字。

超级恒温装置

一、用途

物质的物理性质和化学性质，例如折射率、黏度、蒸气压、表面张力、化学平衡常数、反应速率常数等都与温度密切相关。许多物理化学实验都必须在恒温条件下进行。

二、技术性能

1. 电压：220V，50Hz。

2．使用温度范围：最高 95℃。

3．恒温波动度：0.5℃。

4．电动机功率：40W。

5．水泵流量：4kg/min。

三、结构

图 3 是超级恒温器的结构，为金属圆筒形，筒盖板为黄铜制成，板上装有电动机与水泵一套，接触温度计一支，液体进口嘴一只，发热器 2 组，冷凝管用进出水嘴 2 只，外筒用钢板制成，内筒用黄铜板制，中垫以玻璃纤维作保温，外筒以锤纹漆作防腐层，浴槽内尚有黄铜板制的试验筒一只。电子继电器及供给电源部分，均装在控制盒内，附于恒温器背后，控制盒上有插座，作控制部分连接之用。

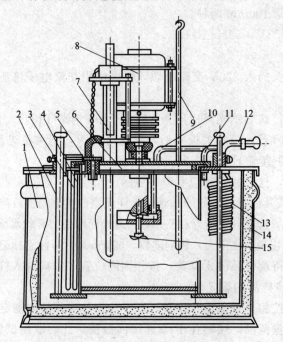

图 3　超级恒温器的结构

1—外壳；2—托架；3—电加热器；4—试验筒；5—加液口；6—筒盖；
7—接触温度计；8—电动机；9—温度计；10—出水嘴；11—进水
嘴；12—冷凝管嘴；13—冷凝管；14—保温层；15—搅拌叶子

1．电子继电器

电子继电器装于控制盒内，由 6P1 真空管一只、直流继电器一只组成，接触温度计控制栅极电流，当中间继电器在接通时，两加热器开始工作。

2．电加热器

电加热器固定于面板上，第一组为 500W，第二组为 1000W，加热器均由管状电热器制成，因此发热快而热量强，故不能在超级恒温器未加液体时通电加热，否则会因干烧、温度过高而毁损。使用电加热器加热，在断电后含热甚少，因此灵敏度高。电加热器在盖上有电源引入孔，要注意不能使水流入，以防止受潮短路，500W 作为恒温加热，可减少余热而使温度得到更高的稳定性，加热器在工作时有指示灯作指示。为了减少其恒温的波动，故恒温后 1000W 应予断开。

3. 导冷筒

超级恒温器上的导冷筒，由紫铜管制成，有进水出水嘴二只，固定于恒温器盖板上，接进水源或冰水后，一般在 60min 左右可将 95℃ 的液体冷却到 20℃ 左右。

4. 加液口

将水倒入加液口离盖板约 30mm 左右，切勿在未升温时将水加满，因升温后水会受热膨胀而溢出。若有溢出的情况，可将循环泵回路接管的输出端拉出，放于其他容器内，然后开启电动泵将多余之水抽出，抽到筒内液面适当高度后，关闭电动泵，再将橡皮管联接泵末的输入接嘴（在抽多余之水时，要注意筒内液面高度，否则加热器会因露出液面而烧毁）。

5. 试验筒

试验筒用黄铜板制成，导热快，可作液体恒温或空气恒温之用，在筒内的恒温液体与恒温空气，要较外部液体温度稳定度为高，因此波动度能达到 0.5℃，适用于精密温度测量之用，向左旋转取出试验筒后在加热筒上还可作为各种温度计在液面上校对之用。

6. 外接调和水浴

超级恒温器的水泵，还可作为外接使用。可放置外接水浴的水准位置，应较超级恒温器为高，外接水浴的进水管安放于底部，出水管离开水浴约 50mm 左右，作为液压高度的限制标准，在使用时应将外接水浴液体盛到出水管口，然后接上橡皮管开启抽水泵工作，否则单靠超级恒温器内的液体，会被外接水浴抽空，并且加热器露出液面也易烧坏。

7. 接触温度计避震架

要达到超级恒温器的恒温灵敏度高、温度稳定的要求，接触温度计在工作时应不可震动，接触温度计插入时，将上部位置移正，接触温度计尾部应调整在面板孔中心，然后再固定下部支架，接触温度计的尾部绝对不能与盖板相碰，否则会失去避震作用。

四、使用方法

先将超级恒温器的电源插头用兆欧表检测是否有绝缘不良或短路情况，然后按规定加水到一定的限度（高过盖板约 30mm），再插入电源，开启电源及电动泵开关，使加热介质作循环（为节约加热时间，加热介质在使用前最好经过预热，接近使用温度约 5～6℃，再灌入超级恒温器内）。将接触温度计调至恒温所需温度，开启加热开关，直到恒温指示灯开始明灭状态表示温度已在恒温，此时可将加热开关关闭，若标准温度计上所指的温度不同于所需温度时，应再旋动接触温度计进行调整。但调整时，要慢慢转动接触温度计，切莫操之过急，加热时一般加热筒温度稳定较快，而试验筒温度稳定较慢，要经过约40min，温度方能稳定。如需要用低于环境室温时，将恒温器上导冷管致冷，则要外加一只与超级恒温器相同的电动泵，将冰水引入导冷管内，同时在引进的橡皮管上加上管子夹一只以控制冷水流量，这种方法一般用于 15～20℃ 的温度区间。在做以上的低于环境室温试验时，电加热器开关应关闭。

五、注意事项

本恒温器加热介质，最好使用蒸馏水，禁止使用河水和硬水，若用自来水，则每次使用后，应对该超级恒温器内进行一次清洗工作，防止加热器上因积聚水垢而影响恒温灵敏度。

气 压 计

测量大气压力的仪器称为气压计，实验室常用的一般是福廷（Fotin）式气压计。

一、结构

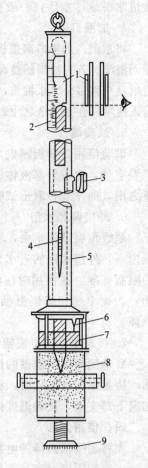

福廷式气压计是一根长约 90cm 一端封闭的玻璃管，其中盛放水银后倒置于水银槽内，外套是一根黄铜管，玻璃管顶为真空，水银槽底部为一鞣性羚羊皮袋，它附有调节螺旋，转动螺旋可调节水银槽面的高低。水银槽上部有一倒置的固定象牙针，针尖处于黄铜管标尺的零点，称为基准点。黄铜标尺上附有游标尺。结构见图 4。

二、使用方法

1. 慢慢旋转底部调节螺旋，使水银槽内水银面恰好与象牙针尖接触，稳定片刻，至象牙针与水银面的接触不再变动。

2. 转动气压计旁的游标尺调节螺旋，使游标尺升起至略高于水银面，然后轻轻下调游标，直至游标尺两边的边缘与水银面凸面相切，切点的两侧露出三角形的小孔隙。

3. 此时游标尺零分度线对应的黄铜标尺的刻度即为大气压强的整数部分；再从游标尺上找出一根恰好与黄铜标尺上某一分度线吻合的分度线，该分度线便为小数部分的读数。

4. 记下读数后旋转底部调节螺旋，使水银槽内水银面与象牙针尖相脱离。同时记录温度，并对读数进行校正。

三、读数校正

标准大气参数中规定，纬度为 45°，温度为 0℃，海平面上与 760mm 水银柱高相平衡的大气压力为标准大气压（760mmHg，SI 单位为 1.01325×10^5 Pa）。然而实际测量的条件不尽符合上述规定，因此实际测得的值除应校正仪器误差外，还需进行温度、纬度和海拔高度的校正后，才能得到正确的数值。

图 4　福廷式气压计

1—游标尺；2—黄铜管标尺；3—游标尺调节螺旋；4—温度计；5—黄铜管；6—象牙针；7—水银槽；8—羚羊皮囊；9—调校正

1. 仪器误差校正：气压计本身不够精确，在出厂时都附有仪器误差校正卡。因此，气压计读数首先要对此项进行校正。

2. 温度校正：温度的变化引起水银密度的变化和黄铜管本身长度的变化，由于水银的密度随温度的变化大于黄铜管长度随温度的变化，因此当温度高于 0℃ 时，气压计读数要减去温度校正值，而当温度低于 0℃ 时，气压计读数要加上温度校正值。温度校正值按下式计算：

$$p_0 = \frac{1+\beta t}{1+\alpha t} p = \left[1 + t\left(\frac{\alpha - \beta}{1+\alpha t} \right) \right] p$$

式中，p 为气压计读数；t 为测量时温度，℃；α 为水银在 0～35℃ 之间的平均体膨胀系数，为 0.0001818K^{-1}；β 为黄铜的线膨胀系数，为 0.0000184K^{-1}；p_0 为读数校正到 0℃ 时的数值。为了使用方便，常将温度校正值列表（附录表17），如果测量温度 t 及气压

p 不是整数，使用该表时可采用内插法，也可用上面公式计算。

　　3. 海拔高度和纬度的校正：由于重力加速度随高度和纬度而改变，因此若测量大气压所在处的海拔高度为 $h(\mathrm{m})$，纬度为 L（度），则对已经过温度校正的读数 p。进一步进行海拔高度和纬度校正：

$$p_s = p_0(1-2.6\times10^{-3}\cos2L)(1-3.14\times10^{-7}h)$$

在一般情况下，纬度和海拔高度校正值较小，可以忽略不计。

Ⅱ　物理化学实验常用数据表

表1　国际单位制的基本单位

量的名称	单位名称	单位符号
长度	米	m
质量	千克（公斤）	kg
时间	秒	s
电流	安[培]	A
热力学温度	开[尔文]	K
物质的量	摩[尔]	mol
发光强度	坎[德拉]	cd

表2　国际单位制的具有专门名称的部分导出单位

物理量	名　称	单位符号	用国际制基本单位表示的关系式
频率	赫兹	Hz 赫	s^{-1}
力	牛顿	N 牛	$m \cdot kg \cdot s^{-2}$
压力	帕斯卡	Pa 帕	$m^{-1} \cdot kg \cdot s^{-2}$
能、功、热	焦耳	J 焦	$m^2 \cdot kg \cdot s^{-2}$
功率	瓦特	W 瓦	$m^2 \cdot kg \cdot s^{-3}$
电量	库仑	C 库	$s \cdot A$
电压、电位、电动势	伏特	V 伏	$m^2 \cdot kg \cdot s^{-3} \cdot A^{-1}$
电容	法拉	F 法	$m^{-2} \cdot kg^{-1} \cdot s^4 \cdot A^2$
电阻	欧姆	Ω 欧	$m^2 \cdot kg \cdot s^{-3} \cdot A^{-2}$
电导	西门子	S 西	$m^{-2} \cdot kg^{-1} \cdot s^3 \cdot A^2$
磁通量	韦伯	Wb 韦	$m^2 \cdot kg \cdot s^{-2} \cdot A^{-1}$
磁感应强度	特斯拉	T 特	$kg \cdot s^{-2} \cdot A^{-1}$
光通量	流明	Lm 流	$cd \cdot sr$
光照度	勒克斯	Lx 勒	$m^{-2} \cdot cd \cdot sr$
黏度	帕斯卡秒	Pa·s 帕·秒	$m^{-1} \cdot kg \cdot s^{-1}$
表面张力	牛顿每米	N/m 牛/米	$kg \cdot s^{-2}$
热容量、熵	焦耳每开	J/K 焦/开	$m^2 \cdot kg \cdot s^{-2} \cdot K^{-1}$
比热	焦耳每千克每开	J/(kg·K) 焦/(千克·开)	$m^2 \cdot s^{-2} \cdot K^{-1}$
密度	千克每立方米	kg/m³ 千克/米³	$kg \cdot m^{-3}$

表3　国际单位制的辅助单位

量　的　名　称	单　位　名　称	单　位　符　号
平面角	弧度	rad
立体角	球面度	sr

表 4　国际制词冠

因　数	词　冠	符　号	名　称
10^{12}	tera	T	太
10^9	giga	G	吉
10^6	mega	M	兆
10^3	kilo	k	千
10^2	hecto	h	百
10^1	deca	da	十
10^{-1}	deci	d	分
10^{-2}	centi	c	厘
10^{-3}	milli	m	毫
10^{-6}	micro	μ	微
10^{-9}	nano	n	纳
10^{-12}	pico	p	皮
10^{-15}	femto	F	飞
10^{-18}	atto	A	阿

表 5　物理化学常数

常 数 名 称	符　号	数　值	单　位
真空光速	c	2.99792458	10^8 米·秒$^{-1}$
基本电荷	e	1.6021892	10^{-19} 库仑
阿佛伽德罗常数	N_A	6.022045	10^{23} 摩$^{-1}$
原子质量单位	u	1.6605655	10^{-27} 千克
电子静质量	m_e	9.109534	10^{-31} 千克
质子静质量	m_p	1.6726485	10^{-27} 千克
法拉第常数	F	9.648456	10^4 库仑·摩$^{-1}$
普郎克常数	h	6.626176	10^{-34} 焦耳·秒
电子荷质比	e/m_e	1.7588047	10^{11} 库仑·千克$^{-1}$
里德堡常数	R_∞	1.097373177	10^7 米$^{-1}$
玻尔磁子	μ_B	9.274078	10^{-24} 焦耳·特$^{-1}$
气体常数	R	8.31441	焦耳·度$^{-1}$·摩$^{-1}$
玻尔兹曼常数	k	1.380662	10^{-23} 焦耳·度$^{-1}$
万有引力常数	G	6.6720	10^{-11} 牛顿·米^2·千克$^{-2}$
重力加速度	g	9.80665	米·秒$^{-2}$

表 6　不同温度下水的表面张力 σ

$t/℃$	$\sigma/N·m^{-1}$	$t/℃$	$\sigma/N·m^{-1}$	$t/℃$	$\sigma/N·m^{-1}$	$t/℃$	$\sigma/N·m^{-1}$
0	75.64	17	73.19	26	71.82	60	66.18
5	74.92	18	73.05	27	71.66	70	64.42
10	74.22	19	72.90	28	71.50	80	62.61
11	74.07	20	72.75	29	71.35	90	60.75
12	73.93	21	72.59	30	71.18	100	58.85
13	73.78	22	72.44	35	70.38	110	56.89
14	73.64	23	72.28	40	69.56	120	54.89
15	73.59	24	72.13	45	68.74	130	52.84
16	73.34	25	71.97	50	67.91		

表 7　不同温度下水的密度 ρ

$t/℃$	$\rho/\text{g} \cdot \text{mL}^{-1}$	$t/℃$	$\rho/\text{g} \cdot \text{mL}^{-1}$
0	0.99987	45	0.99025
3.98	1.0000	50	0.98807
5	0.99999	55	0.98573
10	0.99973	60	0.98324
15	0.99913	65	0.98059
18	0.99862	70	0.97781
20	0.99823	75	0.97489
25	0.99707	80	0.97183
30	0.99567	85	0.96865
35	0.99406	90	0.96534
38	0.99299	95	0.96192
40	0.99224	100	0.95838

表 8　纯水的蒸气压

温度/℃	蒸气压/Pa	温度/℃	蒸气压/Pa	温度/℃	蒸气压/Pa	温度/℃	蒸气压/Pa
−15.0	191.5	21.0	2486.6	57.0	17308	93.0	78473
−14.0	208.0	22.0	2643.47	58.0	18142	94.0	81338
−13.0	225.5	23.0	2808.82	59.0	19012	95.0	84513
−12.0	244.5	24.0	2983.34	60.0	19916	96.0	87675
−11.0	264.9	25.0	3167.2	61.0	20856	97.0	90935
−10.0	286.5	26.0	3360.91	62.0	21834	98.0	94295
−9.0	310.1	27.0	3564.9	63.0	22849	99.0	97770
−8.0	335.2	28.0	3779.5	64.0	23906	100.0	101324
−7.0	362.0	29.0	4005.4	65.0	25003	101.0	104734
−6.0	390.8	30.0	4242.8	66.0	26143	102.0	108732
−5.0	421.7	31.0	4492.38	67.0	27326	103.0	112673
−4.0	454.6	32.0	4754.7	68.0	28554	104.0	116665
−3.0	489.7	33.0	5053.1	69.0	29828	105.0	120799
−1.0	527.4	34.0	5319.38	70.0	31157	106.0	125045
−0.0	567.7	35.0	5489.5	71.0	32517	107.0	129402
0.0	610.5	36.0	5941.2	72.0	33943	108.0	133911
1.0	656.7	37.0	6275.1	73.0	35423	109.0	138511
2.0	705.8	38.0	6625.0	74.0	36956	110	143263
3.0	757.9	39.0	6986.3	75.0	38543	111	148147
4.0	813.4	40.0	7375.9	76.0	40183	112	153152
5.0	872.3	41.0	7778	77.0	41916	113	158309
6.0	935.0	42.0	8199	78.0	43636	114	163619
7.0	1001.6	43.0	8639	79.0	45462	115	169049
8.0	1072.6	44.0	9101	80.0	47342	116	174644
9.0	1147.8	45.0	9583.2	81.0	49289	117	180378
10.0	1228	46.0	10086	82.0	51315	118	186275
11.0	1312	47.0	10612	83.0	53408	119	192334
12.0	1402.3	48.0	11163	84.0	55568	120	198535
13.0	1497.3	49.0	11735	85.0	57808	121	204886
14.0	1598.1	50.0	12333	86.0	60114	122	211459
15.0	1704.92	51.0	12959	87.0	62488	123	218163
16.0	1817.7	52.0	13611	88.0	64941	124	225022
17.0	1937.2	53.0	14292	89.0	67474	125	232104
18.0	2063.4	54.0	15000	90.0	70095	126	239329
19.0	2196.74	55.0	15737	91.0	72800	127	246756
20.0	2337.8	56.0	16505	92.0	75592	128	254356

表 9　水在不同温度下的折射率、黏度和介电常数

温度/℃	折射率 n_D	黏度[1] $\eta/\times10^3 kg \cdot m^{-1} \cdot s^{-1}$	介电常数[2]ε
0	1.33395	1.7702	87.74
5	1.33388	1.5108	85.76
10	1.33369	1.3039	83.83
15	1.33339	1.1374	81.95
20	1.33300	1.0019	80.10
21	1.33290	0.9764	79.73
22	1.33280	0.9532	79.38
23	1.33271	0.9310	79.02
24	1.33261	0.9100	78.65
25	1.33250	0.8903	78.30
26	1.33240	0.8703	77.94
27	1.33229	0.8512	77.60
28	1.33217	0.8328	77.24
29	1.33206	0.8145	76.90
30	1.33194	0.7973	76.55
35	1.33131	0.7190	74.83
40	1.33061	0.6526	73.15
45	1.32985	0.5972	71.51
50	1.32904	0.5468	69.91
55	1.32817	0.5042	68.35
60	1.32725	0.4669	66.82
65		0.4341	65.32
70		0.4050	63.86
75		0.3792	62.43
80		0.3560	61.03
85		0.3352	59.66
90		0.3165	58.32
95		0.2995	57.01
100		0.2840	55.72

　　① 黏度是指单位面积的液层，以单位速度流过相隔单位距离的固定液面时所需的切线力。其单位是每平方米秒牛顿，即 $N \cdot s \cdot m^{-2}$ 或 $kg \cdot m^{-1} \cdot s^{-1}$ 或 $Pa \cdot s$（帕·秒）。

　　② 介电常数（相对）是指某物质作介质时，与相同条件真空情况下电容的比值。故介电常数又称相对电容率，无量纲。

表 10　液体的折射率（25℃）

名　　称	n_D^{25}	名　　称	n_D^{25}
甲醇	1.326	氯仿	1.444
水	1.33252	四氯化碳	1.459
乙醚	1.352	乙苯	1.493
丙酮	1.357	甲苯	1.494
乙醇	1.359	苯	1.498
乙酸	1.370	苯乙烯	1.545
乙酸乙酯	1.370	溴苯	1.557
正己烷	1.372	苯胺	1.583
1-丁醇	1.397	溴仿	1.587

表 11　环己烷-异丙醇混合液浓度与折射率关系表（20℃）

异丙醇的摩尔百分数/%	n_D^{25}	异丙醇的质量百分数/%	异丙醇的摩尔百分数/%	n_D^{25}	异丙醇的质量百分数/%
0	1.4263	0	40.40	1.4077	32.61
10.66	1.4210	7.85	46.04	1.4050	37.85
17.04	1.4181	12.79	50.00	1.4029	41.65
20.00	1.4168	15.54	60.00	1.3983	51.72
28.34	1.4130	22.02	80.00	1.3882	74.05
32.03	1.4113	25.17	100.00	1.3773	
37.14	1.4090	29.67			

表 12　室温附近乙醇的密度、黏度和蒸气压

温度/℃	密度/g·mL^{-1}	黏度 $\eta/10^{-3}$kg·m^{-1}·s^{-1}	蒸气压/kPa
10	0.7979	1.466	
15	0.7937	1.330	4.386
20	0.7894	1.200	5.946
25	0.7852	1.091	7.973
30	0.7810	1.005	10.559
35	0.7767		13.852
40			17.985
45			23.158
50			29.544

表 13　几种有机物质的蒸气压

物质的 p（Pa）按下式计算：

$$\lg p = A - \frac{B}{C+t} + D$$

式中，A、B、C 为常数；t 为温度，℃；D 为压力单位的换算因子，其值为 2.1249。

名　称	分子式	适用温度范围/℃	A	B	C
四氯化碳	CCl$_4$		6.87926	1212.021	226.41
氯仿	CHCl$_3$	$-30\sim150$	6.90328	1163.03	227.4
甲醇	CH$_4$O	$-14\sim65$	7.89750	1474.08	229.13
1,2-二氯乙烷	C$_2$H$_4$Cl$_2$	$-31\sim99$	7.0253	1271.3	222.9
醋酸	C$_2$H$_4$O$_2$	$0\sim36$	7.80307	1651.2	225
		$36\sim170$	7.18807	1416.7	211
乙醇	C$_2$H$_6$O	$-2\sim100$	8.32109	1718.10	237.52
丙酮	C$_3$H$_6$O	$-30\sim150$	7.02447	1161.0	224
异丙醇	C$_3$H$_8$O	$0\sim101$	8.11778	1580.92	219.61
乙酸乙酯	C$_4$H$_8$O$_2$	$-20\sim150$	7.09808	1238.71	217.0
正丁醇	C$_4$H$_{10}$O	$15\sim131$	7.47680	1362.39	178.77
苯	C$_6$H$_6$	$-20\sim150$	6.90561	1211.033	220.790
环己烷	C$_6$H$_{12}$	$20\sim81$	6.84130	1201.53	222.65
甲苯	C$_7$H$_8$	$-20\sim150$	6.95464	1344.80	219.482
乙苯	C$_8$H$_{10}$	$-20\sim150$	6.95719	1424.251	213.206

表 14　几种有机物质的密度

下列几种物质的密度可按下式计算：

$$\rho_t = \rho_0 + 10^{-3}\alpha(t-t_0) + 10^{-6}\beta(t-t_0)^2 + 10^{-9}\gamma(t-t_0)^3$$

式中，ρ_0 为 $t=0℃$ 时的密度，单位为 $g \cdot mL^{-1}$。

名　　称	ρ_0	α	β	γ	适用温度范围/℃
四氯化碳	1.63255	−1.9110	−0.690		0～40
氯仿	1.52643	−1.8563	−0.5309	−8.81	−53～55
乙醚	0.73629	−1.1138	−1.237		0～70
乙醇	0.78506($t_0=25℃$)	−0.8591	−0.56	−5	
乙酸	1.0724	−1.1229	0.0058	−2.0	9～100
丙酮	0.81248	−1.100	−0.858		0～50
乙酸乙酯	0.92454	−1.168	−1.95	20	0～40
环己烷	0.79707	−0.8879	−0.972	1.55	0～60

表 15　25℃下一些离子在水溶液中的摩尔离子电导（无限稀释）[①]

离子	$10^4 S \cdot m^2 \cdot mol^{-1}$	离子	$10^4 S \cdot m^2 \cdot mol^{-1}$	离子	$10^4 S \cdot m^2 \cdot mol^{-1}$	离子	$10^4 S \cdot m^2 \cdot mol^{-1}$
Ag^+	61.9	K^+	73.5	F^-	54.4	IO_3^-	40.5
Ba^{2+}	127.8	La^{3+}	208.8	ClO_3^-	64.4	IO_4^-	54.5
Be^{2+}	108	Li^{3+}	38.69	ClO_4^-	67.9	NO_2^-	71.8
Ca^{2+}	117.4	Mg^{2+}	106.12	CN^-	78	NO_3^-	71.4
Cd^{2+}	108	NH_4^+	73.5	CO_3^{2-}	144	OH^-	198.6
Ce^{3+}	210	Na^+	50.11	CrO_4^{2-}	170	PO_4^{3-}	207
Co^{2+}	106	Ni^{2+}	100	$Fe(CN)_6^{4-}$	444	SCN^-	66
Cr^{3+}	201	Pb^{2+}	142	$Fe(CN)_6^{3-}$	303	SO_3^{2-}	159.8
Cu^{2+}	110	Sr^{2+}	118.92	HCO_3^-	44.5	SO_4^{2-}	160
Fe^{2+}	108	Tl^+	76	HS^-	65	AC^-	40.9
Fe^{3+}	204	Zn^{2+}	105.6	HSO_3^-	50	$C_2O_4^{2-}$	148.4
H^+	349.82			HSO_4^-	50	Br^-	73.1
Hg^{2+}	106.12			I^-	76.9	Cl^-	76.35

① 各离子的温度系数除 H^+(0.0139) 和 OH^-(0.018) 外，均为 $0.02℃^{-1}$。

表 16　单位换算表

单位名称	符　号	折合 SI 单位制	单位名称	符　号	折合 SI 单位制
力的单位			1 标准大气压	atm	$=101324.7 N \cdot m^{-2}(Pa)$
			1 毫米水高	mmH_2O	$=9.80665 N \cdot m^{-2}(Pa)$
1 公斤力	kgf	$=9.80665 N$	1 毫米汞高	mmHg	$=133.322 N \cdot m^{-2}(Pa)$
1 达因	dyn	$=10^{-5} N$	功能单位		
黏度单位			1 公斤力·米	kgf·m	$=9.80665 J$
泊	P	$=0.1 N \cdot s \cdot m^{-2}$	1 尔格	erg	$=10^{-7} J$
厘泊	cP	$=10^{-3} N \cdot s \cdot m^{-2}$	升·大气压	l·atm	$=101.328 J$
压力单位			1 瓦特·小时	w·h	$=3600 J$
			1 卡	cal	$=4.1868 J$
毫巴	mbar	$=100 N \cdot m^{-2}(Pa)$	功率单位		
1 达因/厘米^2	dyn·cm^{-2}	$=0.1 N \cdot m^{-2}(Pa)$			
1 公斤·力/厘米^2	kg·f·cm^{-2}	$=98066.5 N \cdot m^{-2}(Pa)$	1 公斤·米/秒	kgf·m·s^{-1}	$=9.80665 W$
1 工程大气压	af	$=98066.5 N \cdot m^{-2}(Pa)$	1 尔格/秒	erg·s^{-1}	$=10^{-7} W$

表 17　福廷式气压计温度校正值

当温度高于 0℃ 时，气压计读数要减去温度校正值，低于 0℃ 时要加上温度校正值，单位：百帕 (hPa)。

温度/℃	986.58(hPa)	999.92(hPa)	1013.25(hPa)	1026.58(hPa)	1039.91(hPa)
0	0.00	0.00	0.00	0.00	0.00
1	0.16	0.16	0.16	0.17	0.17
2	0.32	0.33	0.33	0.33	0.20
3	0.48	0.49	0.49	1.52	0.51
4	0.64	0.65	0.67	0.67	0.68
5	0.80	0.81	0.83	0.84	0.85
6	0.96	0.97	0.99	1.00	1.01
7	1.13	1.15	1.16	1.17	1.19
8	1.29	1.31	1.32	1.35	1.36
9	1.45	1.47	1.49	1.51	1.53
10	1.61	1.63	1.65	1.68	1.69
11	1.77	1.80	1.81	1.84	1.87
12	1.93	1.96	1.99	2.01	2.04
13	2.09	2.12	2.15	2.17	2.20
14	2.25	2.28	2.31	2.35	2.37
15	2.41	2.44	2.48	2.51	2.55
16	2.57	2.61	2.64	2.68	2.71
17	2.73	2.77	2.80	2.84	2.88
18	2.89	2.93	2.97	3.01	3.05
19	3.05	3.09	3.13	3.17	3.21
20	3.21	3.25	3.29	3.35	3.37
21	3.37	3.41	3.47	3.51	3.56
22	3.53	3.59	3.63	3.68	3.72
23	3.69	3.75	3.79	3.84	3.89
24	3.85	3.91	3.96	4.01	4.07
25	4.01	4.07	4.12	4.17	4.23
26	4.17	4.23	4.28	4.35	4.40
27	4.33	4.39	4.45	4.51	4.56
28	4.49	4.55	4.61	4.68	4.73
29	4.65	4.72	4.77	4.84	4.91
30	4.81	4.88	4.95	5.00	5.07
31	4.97	5.04	5.11	5.17	5.24
32	5.13	5.20	5.27	5.33	5.40
33	5.29	5.40	5.43	5.51	5.57
34	5.45	5.52	5.60	5.67	5.75
35	5.61	5.68	5.76	5.84	5.91

表 18　作为被吸附分子的截面积

分　子	t/℃	分 子 截 面 积	
		σ/nm^2	σ/10^{-16}m^2
氩 Ar	$-195,-183$	0.138	13.8
氢 H$_2$	$-183\sim-135$	0.121	12.1
氮 N$_2$	-195	0.162	16.2
氧 O$_2$	$-195,-183$	0.136	13.6
正丁烷 C$_4$H$_{10}$	0	0.446	44.6
苯 C$_6$H$_6$	20	0.430	43.0

表 19　标准储气瓶型号分类表

气瓶型号	用　途	工作压力 /kg·cm^{-2}	试验压力/kg·cm^{-2}	
			水压试验	气压试验
150	氢、氧、氮、氩、氖、甲烷、压缩空气	150	225	150
125	二氧化碳、纯净水煤气等	125	190	125
30	氨、氯、光气等	30	60	30
6	二氧化硫	6	12	6

表 20　常用储气瓶的色标

气瓶名称	外表面颜色	字样	字样颜色	横条颜色
氧气瓶	天蓝	氧	黑	
氢气瓶	深绿	氢	红	红
氮气瓶	黑	氮	黄	棕
纯氩气瓶	灰	纯氩	绿	
氦气瓶	棕	氦	白	
压缩空气	黑	压缩空气	白	
氨气瓶	黄	氨	蓝	
二氧化碳气瓶	黑	二氧化碳	黄	
氯气瓶	草绿	氯	白	白
乙炔瓶	白	乙炔	红	

表 21　标准电极电势及其温度系数

电极反应	$\varphi^{\ominus}$(298K)/V	$(d\varphi^{\ominus}/dT)$/mV·K^{-1}
$Ag^+ + e^- \rightleftharpoons Ag$	$+0.7991$	-1.000
$AgCl + e^- \rightleftharpoons Ag + Cl^-$	$+0.2224$	-0.658
$AgI + e^- \rightleftharpoons Ag + I^-$	-0.151	-0.248
$Ag(NH_3)_2^+ + e^- \rightleftharpoons Ag + 2NH_3$	$+0.373$	-0.460
$Cl_2 + 2e^- \rightleftharpoons 2Cl^-$	$+1.3595$	-1.260
$2HClO(aq) + 2H^+ + 2e^- \rightleftharpoons Cl_2(g) + 2H_2O$	$+1.63$	-0.14
$Cr_2O_7^{2-} + 14H^+ + 6e^- \rightleftharpoons 2Cr^{3+} + 7H_2O$	$+1.33$	-1.263
$HCrO_4^- + 7H^+ + 3e^- \rightleftharpoons Cr^{3+} + 4H_2O$	$+1.2$	
$Cu^+ + e^- \rightleftharpoons Cu$	$+0.521$	-0.058
$Cu^{2+} + 2e^- \rightleftharpoons Cu$	$+0.337$	$+0.008$
$Cu^{2+} + e^- \rightleftharpoons Cu^+$	$+0.153$	$+0.073$
$Fe^{2+} + 2e^- \rightleftharpoons Fe$	-0.440	$+0.052$
$Fe(OH)_2^+ + 2e^- \rightleftharpoons Fe + 2OH^-$	-0.877	-1.06
$Fe^{3+} + 2e^- \rightleftharpoons Fe^+$	$+0.771$	$+1.188$
$Fe(OH)_3 + e^- \rightleftharpoons Fe(OH)_2 + OH^-$	-0.56	-0.96
$2H^+ + 2e^- \rightleftharpoons H_2(g)$	0.0000	0
$2H^+ + 2e^- \rightleftharpoons H_2(aq, sat.)$	$+0.0004$	$+0.033$

续表

电 极 反 应	$\varphi^{\ominus}(298K)/V$	$(d\varphi^{\ominus}/dT)/mV \cdot K^{-1}$
$Hg_2^{2+}+2e^- \rule[0.5ex]{1em}{0.4pt} 2Hg$	$+0.792$	
$Hg_2Cl_2+2e^- \rule[0.5ex]{1em}{0.4pt} 2Hg+2Cl^-$	$+0.2676$	-0.317
$HgS+2e^- \rule[0.5ex]{1em}{0.4pt} Hg+S^{2-}$	-0.69	-0.79
$HgI_4^{2-}+2e^- \rule[0.5ex]{1em}{0.4pt} Hg+4I^-$	-0.038	$+0.04$
$Li^++e^- \rule[0.5ex]{1em}{0.4pt} Li$	-3.045	-0.534
$Na^++e^- \rule[0.5ex]{1em}{0.4pt} Na$	-2.714	-0.772
$Ni^{2+}+2e^- \rule[0.5ex]{1em}{0.4pt} Ni$	-0.250	$+0.06$
$O_2(g)+2H^++2e^- \rule[0.5ex]{1em}{0.4pt} H_2O_2(aq)$	$+0.682$	-1.033
$O_2(g)+4H^++4e^- \rule[0.5ex]{1em}{0.4pt} 2H_2O$	$+1.229$	-0.846
$O_2(g)+2H_2O+4e^- \rule[0.5ex]{1em}{0.4pt} 4OH^-$	$+0.401$	-1.680
$H_2O_2(aq)+2H^++2e^- \rule[0.5ex]{1em}{0.4pt} 2H_2O$	$+1.77$	-0.658
$2H_2O+2e^- \rule[0.5ex]{1em}{0.4pt} H_2+2OH^-$	-0.8281	-0.8342
$Pb^{2+}+2e^- \rule[0.5ex]{1em}{0.4pt} Pb$	-0.126	-0.451
$PbO_2+H_2O+2e^- \rule[0.5ex]{1em}{0.4pt} PbO(red)+2OH^-$	$+0.248$	-1.194
$PbO_2+SO_4^{2-}+4H^++2e^- \rule[0.5ex]{1em}{0.4pt} PbSO_4+2H_2O$	$+1.685$	-0.326
$S+2H^++2e^- \rule[0.5ex]{1em}{0.4pt} H_2S(aq)$	$+0.141$	-0.209
$Sn^{2+}+2e^- \rule[0.5ex]{1em}{0.4pt} Sn(白)$	-0.136	-0.282
$Sn^{4+}+2e^- \rule[0.5ex]{1em}{0.4pt} Sn^{2+}$	$+0.15$	
$Zn^{2+}+2e^- \rule[0.5ex]{1em}{0.4pt} Zn$	-0.7628	$+0.091$
$Zn(OH)_2+2e^- \rule[0.5ex]{1em}{0.4pt} Zn+2OH^-$	-1.245	-1.002

表 22　常用参比电极的电势及其温度系数

名　称	体　系	φ/V	$(d\varphi/dT)/mV \cdot K^{-1}$
氢电极	$Pt,H_2\|H^+(a_{H^+}=1)$	0.0000	
饱和甘汞电极	$Hg,Hg_2Cl_2\|$饱和 KCl	0.2415	-0.761
标准甘汞电极	$Hg,Hg_2Cl_2\|1mol \cdot L^{-1}$ KCl	0.2800	-0.275
$0.1mol \cdot L^{-1}$甘汞电极	$Hg,Hg_2Cl_2\|0.1mol \cdot L^{-1}$ KCl	0.3337	-0.875
银-氯化银电极	$Ag,AgCl\|0.1mol \cdot L^{-1}$ KCl	0.290	-0.3
氧化汞电极	$Hg,HgO\|0.1mol \cdot L^{-1}$ KOH	0.165	
硫酸亚汞电极	$Hg,Hg_2SO_4\|0.1mol \cdot L^{-1}$ Hg_2SO_4	0.6758	
硫酸铜电极	$Cu\|$饱和 $CuSO_4$	0.316	0.7

表 23　不同温度下饱和甘汞电极（SCE）的电势

$t/℃$	φ/V	$t/℃$	φ/V
0	0.2568	40	0.2307
10	0.2507	50	0.2233
20	0.2444	60	0.2154
25	0.2412	70	0.2071
30	0.2378		

表 24　甘汞电极的电极电势与温度的关系

甘汞电极	φ/V
饱和甘汞电极	$0.2412-6.61\times10^{-4}(t/℃-25)-1.75\times10^{-6}(t/℃-25)^2-9\times10^{-10}(t/℃-25)^3$
标准甘汞电极	$0.2801-2.75\times10^{-4}(t/℃-25)-2.50\times10^{-6}(t/℃-25)^2-4\times10^{-9}(t/℃-25)^3$
$0.1mol\cdot L^{-1}$甘汞电极	$0.3337-8.75\times10^{-5}(t/℃-25)-3\times10^{-6}(t/℃-25)^2$

表 25　KCl 溶液的电导率　　　　　　　　　　　　　　$S\cdot cm^{-1}$

$t/℃$	$c/mol\cdot L^{-1}$①			
	1.000	0.1000	0.0200	0.0100
0	0.06541	0.00715	0.001521	0.000776
5	0.07414	0.00822	0.001752	0.000896
10	0.08319	0.00933	0.001994	0.001020
15	0.09252	0.01048	0.002243	0.001147
16	0.09441	0.01072	0.002294	0.001173
17	0.09631	0.01095	0.002345	0.001199
18	0.09822	0.01119	0.002397	0.001225
19	0.10014	0.01143	0.001449	0.001251
20	0.10207	0.01167	0.002501	0.001278
21	0.10400	0.01191	0.002553	0.001305
22	0.10594	0.01215	0.002606	0.001332
23	0.10789	0.1239	0.002659	0.001359
24	0.10984	0.01264	0.002712	0.001386
25	0.11180	0.01288	0.002765	0.001413
26	0.11377	0.01343	0.002819	0.001441
27	0.11574	0.01337	0.002873	0.001468
28		0.01362	0.002927	0.001496
29		0.01387	0.002981	0.001524
30		0.01412	0.003036	0.001552
35		0.01539	0.003314	
36		0.01564	0.003368	

① 在空气中称取 74.56g KCl 溶于 18℃水中，稀释到 1L，其浓度为 $1.000mol\cdot L^{-1}$（密度为 $1.0449g\cdot mL^{-1}$），再稀释得其他浓度溶液。

参 考 文 献

[1]　复旦大学编. 物理化学实验. 第 3 版. 北京：高等教育出版社，2004.

[2]　孙尔康等编. 物理化学实验. 南京：南京大学出版社，1997.

[3]　古凤才等编. 基础化学实验教程. 北京：科学出版社，2000.

[4]　北京大学化学系物理化学教研室编. 物理化学实验. 北京：北京大学出版社，1985.

[5]　千原秀昭编. 物理化学实验. 北京：高等教育出版社，1987.

[6]　傅献彩等编. 物理化学. 第 5 版. 北京：高等教育出版社，2006.

[7]　杨百勤编. 物理化学实验. 北京：科学出版社，2001.

[8]　金丽萍等编. 物理化学实验. 上海：华东理工大学出版社，2005.

[9]　罗澄源等编. 物理化学实验. 第 4 版. 北京：高等教育出版社，2004.

[10]　胡晓洪等编. 物理化学实验. 北京：化学工业出版社，2007.

[11]　崔献英等编. 物理化学实验. 合肥：中国科技大学出版社，2000.

[12]　陈斌编. 物理化学实验. 北京：中国建材工业出版社，2004.

[13]　上官荣昌等编. 物理化学实验. 第 4 版. 北京：高等教育出版社，2002.

[14]　天津大学物理化学教研室编. 物理化学. 第 4 版. 北京：高等教育出版社，2001.